「実はアンシュ王国では、
モーター教はまだ『存在すること』に
なっているのです！」
「へっ？」

シャール
メルキュール伯爵。
魔法に関して、抜群の
センスをもつ。日々、ラムへの
過保護が増している。
ラム
メルキュール伯爵夫人で、
前世は伝説の魔女アウローラ。
宿敵を倒し、引っ越し先での
新生活を満喫中。

バル
フエの双子の兄。
フエ同様、シャールとは学舎の
頃からの付き合い。
好奇心旺盛でフエよりも行動的。
フエ
シャールの補佐官。
シャールとは学舎の頃からの付き合い。
優秀だがサボり癖がある。
ウェス
ラムたちと同じ時期に
入団した騎士。
なぜかラムの使う500年前の
魔法を知っている。
ティボー
アンシュ王国の記者。
モーター教の真実を
広めようと奮闘している。

「私、あなたのそういう努力家なところ、好きよ」
「は、はあっ？」

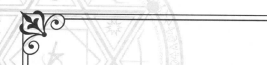

転生先が気弱すぎる伯爵夫人だった

～前世最強魔女は快適生活を送りたい～

4

Ageha Sakura
桜あげは
ill. TCB

CONTENTS

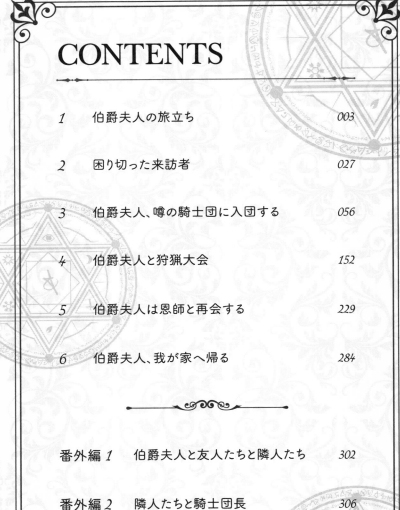

1 伯爵夫人の旅立ち

I was the countess who was too weak when reincarnated. The strongest witch of the past wants to lead a comfortable life.

どこを見ても人の群れだった。

湿度の高い天候の中、人混みをかき分けて大通りを進む。

(街を経由するのは失敗だったか?)

とある調査のために故郷であるエルフィン族の隠れ里を旅立った青年は、早くも人の多さにげんなりしていた。

(ここ最近は大陸へ足を運んでいなかったからな。念のため転移魔法ではなく、船で移動しようと思って街まで来たものの……もう帰りたい)

キョロキョロとあたりを見回すと、聖職者の服を着た集団が通り過ぎていくのが見えた。

街の中で、ひときわ豪奢《ごうしゃ》で煌《きら》びやかな出《い》で立《た》ちの彼らは、一様に並んで城へ向かって歩いている。

(あれは、モーター教の司教や司祭だよね? どうしてあんなにたくさんいるんだ?)

気になって、あとを追ってみる。

王都には大聖堂が一つあるが、それにしては明らかに人数が多い。余所《よそ》からやって来たように見受けられる。

彼らは青年のことなど意に介さず、何やら楽しそうに話をしていた。

「ははは、お久しぶりですなあ、司祭殿。まさかこんなにモーター教にとっていい国があるなんて。

来た甲斐《かい》がありましたよ」

「そうでしょう、司教様。もっともっと仲間を呼び寄せましょう。ここをモーター教徒の楽園にするのです」

話を聞いた青年はびっくりした。

（なんだって？　モーター教徒をこの国に呼び寄せる!?）

それは魔力持ちでもある青年にとって、とんでもない話だった。

（どういうことだろう。この国を離れるつもりだったけど、少し滞在して様子を探ってみたほうがいいかもしれない）

普段は国に介入することなどないが、青年や仲間たちにとって害がありそうなら、彼らを阻止しなければならない。

青年はそのまま、モーター教徒たちのあとをついていった。

※

テット王国やレーヴル王国、オングル帝国のある大陸の南には、小さな島国のアンシュ王国がある。

湿気は多いが暖かな気候で、主な産業は漁業や林業、農業など一次産業だ。国土の狭さの割に人口は多く、そのほとんどがモーター教徒だ。熱心なモーター教信者の多さから、第二の総本山の異名を得ている国だ。

国内にはモーター教の聖堂が各地に建てられ、毎日たくさんの礼拝客が訪れている。

ただ、大陸からやや距離のある島国なので、国外の情報の伝達が遅れがちという問題もあった。今がまさにそれである。

国の中心部にある王城の会議室では、アンシュ王国の大臣たちが集う会議が開かれており、大臣の一人であるニーゼンが太った腹を揺すり、報告書を読み上げた部下に向かって怒りを露《あら》わにしていた。

「モーター教が解散しただと？　デマも休み休み言え！」

そもそも、モーター教は世界中に根を張る巨大な宗教だ。簡単に瓦解するなどあり得ない。

ニーゼンの大声に反応するように、頭上のシャンデリアが小さく揺れる。

部下は震えながらも、懸命に事実を訴えた。

「デマではないんです、私は総本山をこの目で見てきました。以前とは全く様相が異なり、大聖堂は封鎖され、信徒たちは一人もいませんでした。教皇様が自らモーター教徒たちを蹴散らしたようです。話を聞いたときは、私自身も耳を疑いました。こちらに証人となる司祭の一人もお連れしております」

部下の言葉と同時に、一人のひょろりとした若い人物が歩み出る。

ややくたびれてはいるが、正式なモーター教の司祭服を身につけている男だ。

「本当に総本山の司祭のようだな。わかった、話を聞こう」

今、モーター教になくなってもらっては困る。

(これまでのようにモーター教に便宜を図ってもらったり、金銭的にも旨《うま》い汁が吸えない事態になったりしてはかなわんからな)

モーター教の影響力は各国に浸透している。

そして、ニーゼンのように深く繋《つな》がりを持つ者は、様々な面でその恩恵を受けることができるのだ。実務が不得手なニーゼンが大臣にまで上り詰めることができたのも、モーター教を大々的に支持し、アンシュ王国内での優遇措置を取り続けていたからだった。

(だというのに、そのモーター教がなくなってしまっては、私が今までやってきたことが全て無駄になるではないか)

不機嫌なニーゼンを見た司祭は、おどおどしながらモーター教の現在の状況を話し始めた。

「あの、私はモーター教の総本山があったブリュネル公国のクール大聖堂から難を逃れて亡命してきました。実際にこの目で見てはおりませんが、教皇様がご乱心され、聖人様が使うような聖なる力を乱発されたので危険だと聞き……急いで敬虔《けいけん》なモーター教徒の多い、こちらの国へ助けを求めに来た次第です」

「教皇が乱心だと？」

内容もさることながら、「幻の存在では？」と噂《うわさ》されていた教皇が、本当にいたことにニーゼンは密《ひそ》かに衝撃を受けた。会議室もざわついている。

「ある日ふらりと現れた教皇様は、モーター教の解散を宣言されたそうです。その場にいた皆は反対しましたが、教皇様の聖なる力で、反抗する者は全員どこかへ飛ばされてしまったと。それ以前にも聖人様や枢機卿《すうききよう》たち、多くの聖騎士が行方不明となっており……もはや教団を主導できる力のある人材がおりません。私はなんとかして、現状を打破したいのです」

事実だとすれば、恐ろしいことだ。

「現在、司教以下の者は各地へ亡命したり、元いる国に留《とど》まったりしながら、姿を消した枢機卿の方々や聖人様方の帰りを待ち続けております。せめて、最も力のあった枢機卿のエポカ様がいてくだされば……」

だが、音沙汰はないようだ。

「一体、彼らはどこへ行ってしまったのだろうな」

「皆が最後に向かったのはレーヴル王国です。しかし、エポカ様が出て行ってから、モーター教に関連する新たな情報が何も上がってこず。すぐに部下を調査に向かわせたのですが、なんの手がかりも得られませんでした」

「たしか、レーヴル国王や第一王子と、モーター教は対立していたのだったな」

「ええ、その確執も結局うやむやになったまま、モーター教が解散して終わっている状況です。総本山に残された、あるいは各地に滞在していた、我々のような司教や司祭たちにも何がなんだかわからない状況なのです」

「なんと。そんなことになっていたのか」

会議室の中がまたざわつき始めた。

「レーヴル王国側が何かしたとしか思えないのですが、それにしても証人が一人もおらず、証拠すら何もなく困り果てております」

ニーゼンとて、身内に魔法使いがいるレーヴル現国王と魔法使いを嫌うモーター教が対立していた話は聞いていた。モーター教側がついに国王の取り替えを決意し、レーヴル王国へ向かったという話も届いている。

(だが、それ以降、詳しい報告は全く上がってこない……)

こちらもまた、司祭と同じ状況である。

「現在のレーヴル国内の主な話題は、王宮で飼われ始めた新種のギンギラ・ハリネズミについてなど、どうでもいい話ばかりで……」

ニーゼンはハリネズミなんぞに興味はない。

「現在、レーヴル王国では、モーター教が廃除に動いていた、魔力持ちの第一王子が新たな国王になっております」

「魔法使いが国王だと!?　世も末だな!」

「全く以《もっ》て、そのとおりでございます」

他の大臣たちも、口々にレーヴル王国を非難した。

その様子を見て、ニーゼンは考える。

(この情報をアンシュ王国内に広められてはかなわんな。国民たちの中にはモーター教への優遇政

策を非難していた者たちもいる。そいつらが騒いだら面倒だ）

いくら敬虔なモーター教徒が多い国と言えど、アンシュ王国では、国内に派遣されたモーター教の司教に言われるがまま、税金でモーター教関連の事業にばかり寄付をしまくる国王や大臣たちへの不満が高まっていた。

レーヴル王国への罵倒が落ち着いた頃合いを見計らい、ニーゼンは大きな声を発する。

「よし、アンシュ王国内に箝口令《かんこうれい》を敷け！　我が国の庶民たちにはモーター教がまだ存在すると伝えるのだ。どうせここは孤立した島国。万一、本当のことを喋《しゃべ》る奴《やつ》がいても、つるし上げて、ほら吹き者扱いをしてやればいい」

幸い言論を封殺する方法は知っている。

ここはもともと閉鎖的な国だし、各地に手駒となる信心深いモーター教徒がいる。

各教団の関係者も普段は普通の国民として暮らしているのだ。

「関係者を庶民の中に紛れ込ませ、言論を誘導させろ。新聞記者を買収して、我々に都合のいい記事を書かせるのだ。記事を擁護する教団関係者を動員し、好意的な情報を口づてで拡散させる。反論してくる記者がいれば、そいつを貶《おとし》める情報を広めさせ、素行に問題があり妄想癖の激しい変人に仕立て上げてやれ」

アンシュ国民だって、自身の信ずる宗教が消えたなどと認めたくないに違いない。

人間は信じたい事柄が嘘《うそ》だとしても、それをねじ曲げて正当化したがる生き物だ。

「圧倒的多数の国民が偽の記事を褒め称《たた》えて擁護し、真実を語る記者を非難し罵倒する。何も知らない民は、我々の言葉が真実だと信じて疑わないだろう」

それどころか、動員した教団関係者に交じり、熱心に噂を広めて騒いでくれるはずだ。

「あいつらは何も考えず騒ぎたいだけの輩《やから》だ。特に攻撃されている者に追加制裁をする、死体蹴りは大得意の連中だから。嬉々《きき》としてこちらの狙いどおりに動いてくれる」

他の大臣たちも、納得した表情で頷《うなず》き合っていた。

「ふふ、ニーゼン大臣の言うとおりにするのがよさそうですな。では、全員異議なしと言うことで……」

モーター教の恩恵を存分に受けてきた為政者たちは、にんまり笑いながら会議場をあとにする。

全会一致で、この国の中だけでの、モーター教の存続が決まった瞬間だった。

※

長めの木の枝を持った小さな子供たちが、その先端を地面につけて、元気よくメルキュール家の屋敷の庭を駆け回っている。

私――ラムはそんな光景を微笑《ほほえ》ましく思いながら庭の中心部に立ち、自身の望遠魔法で屋敷全体を見回してみた。

（必要最低限のものしかない、寂しい庭だったけれど、ずいぶん明るくなったわね。青々と茂った

芝生の上には、子供たちと共同で作った趣味のいいオブジェがたくさん建てられていて、なんとも……じゃなかった)

目的はセンスの良すぎる手作りオブジェを見ることではなく、木の枝を持った子供たちが地面に描いた模様の確認だ。

(魔法を使うのも精一杯だった小さな子たちが、上手に魔法陣まで描けるようになって……感動だわ)

魔法で拡大してみると、屋敷の外周に沿って歪《いびつ》な線がしっかりと引かれていた。

「皆、合格よ。これなら魔法を発動できるわ。ありがとう」

実は子供たちに頼み、屋敷全体を囲むよう円状に線を引いてもらったのだ。

褒められた子供たちは嬉《うれ》しそうに目を輝かせる。

「おくさま、それ、なんのまほー?」

「円の中のものを全部、別の場所へ移動させる魔法よ」

子供たちにお願いした大規模な線引きは、メルキュール家の引っ越しのための魔法の前準備だった。予《あらかじ》め線で囲んだ場所の中を、まるごと目的地へ転移させることができる。

最初に屋敷の周りに線を引く工程を、私は子供たちに手伝ってもらっていたのだ。

今いるテット王国は、魔法使いへの風当たりの強い国で、国内で唯一魔法使いの集まるメルキュール家は、度々王族や貴族、モーター教徒たちに酷《ひど》い仕事を押しつけられていた。

彼らはメルキュール家を使い潰しても、罪悪感すら抱かない。平気で無茶な仕事を依頼してくる。

おかげでシャールの前の当主たちは皆短命で、若いうちから次の当主を指名している始末だった。

事実、シャールも十歳違いのカノンを義理の息子とし、メルキュール家を継がせようとしている。

これまで、メルキュール家に所属する他の魔法使いたちも、年々減っていく一方だったのだ。そのため、子供たちも早くから厳しい訓練を課されていた。

文句を言えば、国王も司教も、より強力な魔法を使える聖人や聖騎士の存在をちらつかせて脅してくるし、他の人もメルキュール家を都合よく利用するばかり。

一応お仕置きしたけれど、まだ住み心地のいい状態とは到底言えない。

救いようのない人たちしかいないので、それならテット王国を出て、安全な土地に移住しようということになった。

テット王国から職業魔法使いがいなくなってしまうけれど、自業自得というものである。

ことあるごとに魔力持ちやら、何やら言って、私たちを差別してくるのだから。

「いよいよだ！　楽しみだなぁ！」

「うん、ひっこし、たのしみー」

子供たちも引っ越しが嬉しいようで、揃《そろ》ってはしゃいでいる。

「ええ、そうね。ちゃちゃちゃっと、引っ越し魔法を使っちゃいましょう」

「おーっ！」

彼らの描いた線をなぞるように、私は自身の魔力を変化させ走らせていく。

その魔力を感じ取ったのか、屋敷から仕事中のシャールが慌てた様子で走り出てきた。

「ラム！　大規模な魔法を使う気配がしたのだが？」

「あら、シャール。引っ越し魔法を使うだけだから大丈夫よ？　敷地も人間もそのまま移動するから、気にせず執務室で仕事をしていてちょうだい」

建物の中にいても、土地ごと移動するので、一緒に引っ越し先へ連れていくことができる。現に双子たちは、それぞれ好きに過ごしているようだ。

「ラム、お前……本当にメルキュール家の屋敷の土地ごとくり抜いて、魔法で移動するつもりなんだな。転移魔法の応用か……」

私の魔法を見学しながら、シャールは驚きを隠しきれない声で問いかけてくる。

「ええ、そうなの。周りの土地が震動しないよう気をつけるから、地震も起こらないわ」

「そうか。だが、そんな大規模な魔法を使うと、体に負担がかかる。私が代わろう」

見ただけで、もう引っ越し魔法の全容を把握したのだろう。

近くに立ったシャールが交代を申し出てくる。

彼は無自覚だが、目にした魔法を瞬時に把握してしまう、希有《けう》な魔法の才能の持ち主なのだ。近頃、ますますその才能に磨きがかかっている。

「シャール、心配しなくても大丈夫よ。記憶が戻ってからは、体調もずいぶん良くなったもの。魔力を使いすぎなければ倒れることもないわ」

「油断は禁物だ。また虚弱な体質が復活したら大変ではないか。苦しむお前は見たくない」

シャールは私が元気になってからも、かつてのひ弱さを忘れられないらしい。

（前世ほどではないにしろ、割と丈夫になったんだけど……）

とにかく、記憶が戻る前の、すぐに熱を出して倒れるような体ではなくなっている。

「これくらいなら体調にも影響はないわ。そーれっ！」

勢いで、私は魔法を発動する。気づいたシャールが「あっ」と反応するが、もう手遅れだ。メルキュール家の屋敷は、一瞬にして土地ごと陽光がきらめく海上へ転移した。正確には、海の上空へ浮かせている。

その海のすぐ近くに屋敷の敷地五つぶんくらいの広さの島があった。

引っ越し先を提案してくれた人物には、あの島の中なら、どこに住んでも構わないと言われている。

「ここが引っ越し先の島よ」

引っ越し先に関しては、予め皆に知らせてあったものの、衝撃が大きかったようだ。

子供たちは全員、あんぐりと口を開けていた。

私は島へ屋敷を着地させるため、魔法で着地先の土地を微調整していく。

「着地先に予め生息していた生き物は保護して、地形を平行になるよう整地魔法で削って、メルキュール家の土地と合体させて、最後に凹凸を整えて生き物をリリース……」

気が付けば、シャールも調整を手伝ってくれていた。

しかも、彼の魔法は私より几帳面《きちょうめん》だ。土地もまっすぐな平行で、細かな凹凸すらなく、綺麗《きれい》な仕上がりだった。

（ぐぬぬ、文句のつけようのない綺麗さだわ）

大雑把な性格の私より、シャールのほうが、こういった魔法への適性があるらしい。

「さて、引っ越しは完了だな」

シャールは満足げに周りを見回しながら告げた。

途端に、子供たちが「探検しに行く！」とはしゃぎながら、屋敷の出口のほうへ駆けていく。

今まで彼らは自由に屋敷の外へ出ることが敵《かな》わなかった。

かつては学舎の方針で禁じられていたという理由があったが、それがなくなってからも安全上の理由から私やシャールは彼らの自由な外出を許可できなかったのである。

子供たちは幼く、魔法の扱いも不安定だ。

そして、テット王国内では魔力持ちへの根強い差別意識があった。

（何か事故が起きてからでは遅いと判断したのよね）

自己防衛のために、街中で超強力な魔法をぶっ放しでもしたら、世紀の大虐殺が勃発してしまう。

さすがに、それは避けたかった。

でも、島の中なら自由に探検することができる。探知魔法で調べたが、危険な魔獣もいないようだ。

「いい場所だな。お前の二番弟子が治める、レーヴル王国内というところだけが、気に食わないが……」

いろいろ考えていると、子供たちを視線で見送ったシャールが話しかけてきた。

「そう言わないで。まだまだ魔法使いへの差別は深刻なんだから。子供たちにとったら、こっちのほうがきっといいわ」

シャールの言ったように、転移先は隣国レーヴル王国だ。

私の二番弟子であるフレーシュが、レーヴル王国へ引っ越してきてとうるさかったので、ひとまずここへ引っ越すことに決めた。

今世では、レーヴル王国の第一王子として生を享《う》けたフレーシュ。彼は今では国王となり、魔法使いへの差別がない国作りに邁進《まいしん》している。

引っ越し先のこの場所は、少なくともテット王国よりは居心地のいい土地だろう。最終的な目的地が決まれば、再び移転するかもしれないが。

（そうなると、あの子は全力で余所への転移を妨害してきそうね）

それだけが、少し心配である。

ただ、今住むぶんには問題ない。

引っ越しが完了したのがわかったからか、屋敷の中から双子やカノンたち年長三人組もぞろぞろ出てくる。

「シャール様、奥様、引っ越しが終わったみたいだね」

「俺とバルも書類仕事が今終わりました。というわけで、休憩がてら少々近辺を調査して参りますね」

調査というか、単にフエが休憩したいようだ。仕事面では優秀なフエだが、彼はいつも休憩の口実を探している。

バルも今回はフエについていきたそうだ。彼の場合は好奇心から周りを見て回りたいのだろう。

「二人とも、行ってらっしゃい」

双子たちは一緒に、同じ方向へ歩いていった。私はひらひらと手を振る。

「父上、母上、何か手伝うことはありませんか?」

今度はカノンが話しかけてきた。

「いいえ、大丈夫よ。ただ土地が移動しただけだから、いつもどおり過ごしてちょうだい。そうだ、あなたたちも周辺を散策してきたら?」

私はカノンたちに微笑みかける。

その隣で、ミーヌとボンブが並んでぼそりと呟《つぶや》いた。

「ただ土地が移動しただけと言うけど。奥様、それって十分大変なことだと思います」

「奥様の基準がヤバすぎる」

「……土地ごと転移かぁ」

カノンは諦めたかのような眼差《まなざ》しを空へ向けていた。

そんな彼がふと、真顔になる。

「あの、母上……」

「どうしたの、カノン?」

「上に……あり得ない物体が浮いています。なんですか、あれは! 母上の魔法ですか?」

いつも冷静なカノンらしからぬ、動揺した口調だった。

彼につられて上を見ると、何かとてつもなく巨大な物体が浮いているのが目に入る。

一見、島のように見えるが、明らかに、どこかから運ばれてきた土地だと思われた。

なんかこう、無理矢理土地を引っこ抜いてきた感がある。木の根っことかが、飛び出ているし。

「私の魔法じゃないわねぇ。こっちへ、近づいてくるわ……」

「ええっ！」

「今世で私と同じような真似《まね》ができる人は限られているから、その中の誰かかも……」

弟子たちか、あるいはエルフィン族か。

(それくらいしか思い浮かばない)

同じく上を見上げたシャールは眉を顰《ひそ》める。

「うちと一緒で、土地ごと引っ越しというわけか。それにしてもまた、巨大な土地をくり抜いてきたものだな」

「本当よねえ」

「お前も他人のことを言えないがな。メルキュール家の敷地も大概だぞ」

空を飛んでいる土地は、ゆるゆると徐々に降下してくる。

この島に着地するのかと思いきや、巨大な土地は静かに海のほうへ動き始めた。

「この島の隣に着水する気かしら。シャール、見に行きましょう」

私とシャールは、島が浮かんでいる方向に向けて転移魔法で移動した。

転移先は屋敷から離れた、ちょうど島と海の境目あたりだ。

今は引き潮なので、目の前には真っ白な砂浜が続いている。穏やかで澄んだ波が、静かに砂を攫《さら》っていった。その先を見た私は目を細める。

「ん……？　あれは……」

砂浜の先に、どこかから持って来られたであろう、先ほどの土地がプカプカと浮かんでいた。近くで見ると、空に浮いていたときよりさらに大きく感じる。

波で流されていかないあたり、土地をその場に留めておく魔法でも使っているのだろう。

「器用な魔法だから、ランスではないわね。あの子は面倒がって土地を海に墜落させそうだし、海上に固定するところまで気が回らなそうだわ。グラシアル……フレーシュ陛下も魔力調整に苦戦して、土地を海の彼方《かなた》に吹っ飛ばしてしまいそう」

弟子たちのやらかしを想像したのか、シャールが少し顔を顰《しか》めた。

「では、残りは……お前を攫った、あの不遜な一番弟子か」

「うん。たぶん、エペで間違いないわ。私の引っ越しを知って、隣に土地を持ってきたのかも。オングル帝国は今、荒れているみたいだものね。きっと商会の代表として、危険から部下を遠ざけようとしているに違いないわ。商会長の鏡ね」

「明らかに、そんな理由じゃないと思うが。ああ、話をすれば、お出ましみたいだぞ」

ぞろぞろと、隣の陸地から、こちらの砂浜に歩いてくるガラの悪い集団がいる。

その中心に予想どおりエペがいた。

今日も彼の服は、黒地に金やら銀やらが飾られていて、ギラギラしている。とても趣味がよかった。

「よう、アウローラ」

「エペ！　しばらくぶりね」

波で足元が濡《ぬ》れないよう浮遊しながら、エペが素早く近づいてきた。

「ねえ、エペ。あの土地を持ってきたのは、あなたよね？」

「ああ、お前が引っ越すと聞いて、俺も隣に引っ越すことに決めた。そろそろ、オングル帝国から出ようとは思っていたんだ。グラシアルの野郎の国ってところは気に食わないが……」

シャールは黙って、エペを警戒している。

（無理もないわ）

一度は共同戦線を張った相手だが、その前には魔法で戦い合った相手でもあるからだ。

「ここから先はメルキュール家の私有地だ。許可なく立ち入ることを禁ずる」

私たちの島へ上陸したエペに向かい、シャールが冷たく言い放った。

しかし、エペはどこ吹く風だ。

「そうカリカリすんなって。今回は敵対しに来たわけじゃない」

「なら、なんの用だ」

「ご近所への挨拶だ」

エペはしれっと答える。部下たちも彼に倣った。

「うーっす！」

「お世話になりやーすっ！」

するとそこへ島を探検していた小さな子供たちが、わらわらとやって来た。

「わーっ、海だぁ！　これ、砂浜って言うの。学舎で習った！」

「おおきな島、はっけん！　あれは、なぁに？」

「シャールさまと、おくさまがいる！　ギラギラした人たちもたくさん！　行こう！」

子供たちは人なつっこい笑みを浮かべながら、白い砂浜を駆けてくる。

「お前ら、適当に構ってやれ」

エペが部下に命じた。

「ええっ、マジすか？」

「俺らにガキ共の相手をしろと!?」

動揺する部下の問いかけに、エペは「もちろんだ」と大きく頷く。

話が聞こえたのか、子供たちが笑顔になった。

「おじさんたち、遊ぼう！　向こうにいい感じの開けた場所があるよ！」

「だいじょうぶ！　おじさんたちには、まほーの、じんたいじっけん、しない！」

「……おい、小さいのが、なんか物騒なこと言ってるぞ。人体実験？」

「ここの子供、ヤバくねえか？」

「ある意味、将来有望だな」

数人の部下たちが、子供たちに連れられて、ふらふらと島の奥へ入っていく。

「それで、エペはどうして、メルキュール家の隣に引っ越してこようと思ったの？」

「もちろん、アウローラが心配だから、近くで見守ることにしたに決まっているだろう。この間だって、面倒な奴が生き残っていたし……またお前の身になにかあれば困るからな」

モーター教の枢機卿にして創設者のエルフィン族、エポカのことだ。

五百年前に禁忌の魔法アイテム製作に手を染めた彼は、アウローラが死んだあとにモーター教を設立。その後、魔法知識を隠蔽して間違った知識を広めたり、人々の魔力を封印しようとしたり、魔法使いを迫害したりという数々の悪行を続けてきた。

人によっては悪行ではないかもしれないが、少なくとも私にとっては、とんでもない仕打ちである。そうして私の転生後では、魔法使いが絶滅危惧種となっている。

長命なエルフィン族の彼は、五百年かけて、人々を全く違う価値観へと染め変えてしまった。エルフィン族の男性は魔法を使えない。全てはそんな彼の、魔力を持つ人間に対する嫉妬と八つ当たりだった。

今世でもまた五百年前の武器を持ち出そうとしてきた彼の野望を、私たちは命がけで阻止し……そして今に至る。

もう二度と、あんなことは起こってほしくなかった。

「前世では、あなたを追い詰めてしまったものね」

私を五百年後に転生させたのはエペだった。彼は二番弟子と手を組んで、一度も使ったことのない、リスクの高すぎる転生魔法を実現させてしまった。自分の命と引き換えに。

(私だって、二度とエペにそんな真似をさせたくない)

転生の真相を知った私は、自分の死に弟子を巻き込んでしまったことを、とても後悔した。しかも、エペだけでなくグラシアルまで私を後追いしてしまったのだ。

そんな二人と私は、奇跡的に同じ五百年後に転生した。さらには、三番弟子も魔法で五百年を生きることに成功している。

そうして、私たちは今世で再び顔を合わせることができたのだった。

だから、この件に関しては、弟子たちに頭が上がらない。

今世でも、弟子たちが私を守ろうとするあまり、それぞれ暴走してしまった。私は彼らの師として未熟だ。反省すべき点である。

現在は三人とも落ち着いているけれど、今この瞬間も見えないところで、彼らは静かに不安を抱えているかもしれない。

これからの私は、もう大丈夫だと自分の行動で示し、彼らを安心させなければならないのだ。

それは魔法の師であり、そして親代わりだった私の役目である。

「エペ、大丈夫よ。これからは、そんなに危ないことはしないわ。エポカもいなくなったし、世界は平和になっていくはずだから」

「だといいがな。困ったことがあったら、いつでも俺に言えよ」

すぐ傍《そば》で、エペは私に手を伸ばす。

しかし、彼の手が届く前にシャールが私の腕を後ろへ引いた。

「何かあれば私が解決するから問題ない。夫としてラムを助ける」

「はあ？　ヒヨコが自惚《うぬぼ》れるんじゃねえよ。あと、お前は四番目だから、兄弟子の俺には逆らうな」

つまり、エペはシャールを私の四番弟子として認めたらしい。

前のように攻撃する意思はないという意味で、彼なりの譲歩だと思われる。

（すっごくわかりにくいけど。エペは懐に入れた人間には優しいから、悪態はつくけど無下に扱ったりはしないはず。二人の弟弟子にも微妙な意地悪はするけど、肝心なところでいつも助けてあげていたし）

私は隣にいるシャールを見上げた。

「私はもう死なないわ。あなたたちを置いていったりしない」

堂々と宣言したが、シャールもエペも私を信用していない表情を浮かべていた。

困ったことに、そういうところだけ、気が合うようだ。

（なんやかんやで、シャールはランスに続いて、エペとも上手《うま》くやっていけるかもしれないわね……）

二人の間には、以前ほどの険悪さはない。そのことにほっと胸をなで下ろす。

シャールと三番弟子のランスは、たまに魔法で文通する仲だ。

しかも、いつの間にか、シャールはランスが勝手に始めたアウローラ教に入信している。

この間はアウローラ教の大聖堂に描く絵について相談されたと話していた。変な部分で気が合うみたいだ。

「シャールもエペも、ありがとう。あなたたちに頼みたいことが出てきたら、隠さず相談するわ」

特にエペにはちょうど、頼みたいことがあったのだ。

「ねえエペ、あなたたちに、定期的に子供たちの遊び相手をお願いしたいのだけれど……もちろん、お礼は弾むわ」

「おい……」

シャールが「正気か？」というような目で私を見てくる。

「年長組が屋敷の仕事をするようになって、小さな子供たちが少し寂しそうにしていたの。新しい年上の仲間ができれば、喜ぶんじゃないかしら。さっきもいい感触だったし。それで、現代の社会常識なんかを教えてあげて」

「よりにもよって、俺らから社会常識を学ぼうってか……？」

「ええ、商会で働いている人たちなら、いろいろなことを知っているだろうし、信用できると思うの。閉鎖的な環境で育ったメルキュール家のメンバーでは、どうにもならないことだから」

期待を込めた目で見つめると、エペはげんなりした顔で「わかった」と頷く。

なんにせよ、これからもメルキュール家はいい方向へ動きだしそうだった。

2 困り切った来訪者

I was the countess who was too weak when reincarnated. The strongest witch of the past wants to lead a comfortable life.

国王になったフレーシュがメルキュール家を訪れたのは、引っ越してしばらく経《た》った頃のことだった。

テット王国よりも明るい太陽に照らされた庭で、私は体力作りのために箒《ほうき》を振り回していた。この島の日差しは明るく、外に出ているだけで晴れやかな気分になれる。

気候も温暖で、さほど着込まなくても、魔法で周囲の温度を調節しなくても、快適に過ごせた。

すると、箒を持った私の前に、突如フレーシュが転移してきたのだ。

ちなみに、シャールは執務中で、この場にはいなかった。

もうテット王国の貴族ではなくなったメルキュール家なので、以前のように理不尽な量の仕事をこなす必要はないし、膨大な量の報告書の作成に時間を費やす必要もない。

ただ、今はレーヴル王国の伯爵家の地位を与えられたので、島にいる限りはここの貴族として扱われる。

領地と呼べるのはこの島だけだし、宮仕えをしているわけでもないが、テット王国にいた頃のように、定期的に魔獣を倒すなどの魔法業務は請け負っている。

それに伴って、伯爵としての書類仕事なども、どうしても発生してしまうのだ。

もちろんだが、フレーシュはテット王国の国王や貴族たちのような、横柄かつ無謀な命令を下したりはしない。そして、魔法使いを虐げる諸悪の根源だったモーター教も解散した。

今のレーヴル国王であるフレーシュは、魔法使いを差別せず大事に扱う国にしていくと、大々的に公表している。とはいえ、人々の生活にはまだ、モーター教の教義が深く根付いており、その決定に難色を示す人間も多かった。

五百年近くも続いた、架空のモーター神を奉る世界的な宗教——モーター教。

教皇だったランスが瓦解させた今も、すぐさま人々の価値観が変わることはないのだろう。まだまだ時間はかかるはずだ。

なんせ、今でも、魔法使いは圧倒的に少数派なので。

魔法使いへの理解があるレーヴル王国で、これなのだから、他の国は推して知るべし……という状態だと思う。

私の正面に現れたフレーシュは、着地するやいなや、「師匠〜！」と、両手を広げて迫ってきた。

その勢いのまま、弟子だった頃のようにハグしてくる。

「ああっ、会いたかったぁ！」

「フレーシュ陛下」

「もう、陛下だなんて水くさいなあ。王子のときだって殿下付けだし。呼び捨てでいいってば」

彼はそう言うが、呼び捨てに慣れてしまうと、うっかり城でもフレーシュを同じように呼んでしまいそうである。

国王として頑張る弟子の足を引っ張ってしまわないか、私は心配だった。

「うーん。他の人がいないときならいいのかしら?」

「ぜひそうしてよ、僕だけ陛下をつけられると複雑だからさあ。他に客人のいない非公式の場では普通に呼んで」

「わかったわ。それで、今日はどういう用件で来てくれたの?」

「師匠に会いたすぎて、お忍びで顔を見に来たんだ。仕事が忙しすぎて正式訪問だと時間がかかりそうだったから」

「そう、あまり忍べていないようだけれど……?」

私は彼が身に纏《まと》う派手な服に視線を移した。

原色の生地に、モグラとマシュマロが抱き合っている斬新な柄が散りばめられている。

マシュマロから伸びたドロドロの手が特に芸術的だった。

(センスはいいのよね。でも、これでは目立って仕方がないのではないかしら?)

フレーシュの華やかな顔立ちは、ただでさえ人の目を引いてしまう。

島以外の、人の多い場所でお忍びする際は、目立たない衣装に着替えたほうがよさそうだ。服が素敵すぎて、注目の的となること間違いなしなので。

(国王陛下も大変そうね。好きな服を着て出歩くのも難しいのだから)

よく見ると、彼は少し疲れているように感じられる。

私は弟子の生活が心配だった。

「あなた、きちんと休息は取れている? 顔色は悪くないけれど、疲れているときに無理をしては駄目よ。よければ魔法薬を調合しましょうか？」

「う……師匠の魔法薬、懐かしいなあ」

一瞬だけ頬を引きつらせたフレーシュだが、すぐに穏やかな顔になり懐かしい思い出話を始める。

「昔の僕は体が弱くて、師匠の薬を飲んでは倒れていたね。師匠の手料理はどれも大好きだけど、あれだけは僕にもわかるくらい刺激的な味だったな」

多すぎる魔力の弊害で、フレーシュは体調を崩しがちな子だった。

でも、薬を刺激的な味にした覚えは、とんとない。

「ちゃんとした回復薬だったでしょ？　それに子供向けに甘い材料も入れていたし……それほど刺激的な味にならないはずだけど」

「うん……ん。ごめん、僕の思い違いだったかも」

フレーシュは小さく咳払《せきばら》いして視線を虚空へ向ける。どこかまだ物言いたげな彼を庭のベンチへ案内し、私はその隣に腰掛けた。

日差しは先ほどと同じく明るくて、緩やかに時が流れていく。

（のどかだわ。かつてのドロドロしたメルキュール家が嘘《うそ》みたい）

私はそっとフレーシュの様子を窺《うかが》った。

（フレーシュは、お忍びでここへ来たと言うけれど、それだけではなさそうね）

何か一人で抱えきれないような相談事があるのではないだろうか。

彼は、グラシアルだった頃から他人に頼るのが下手だ。変に格好をつけて、にっちもさっちもいかなくなるまで耐え忍んでしまいがちである。

アウローラだったときに、何度も注意した。

今、こうして来てくれるようになったのは、少し成長した証《あかし》だろう。

その成長を促したのは、過去の私ではなく、今世の彼の周りにいる城の人たちかもしれない。

「それで、私に何をしてほしいの？」

「結婚」

「そういうのではなくて。ここへ来た本当の理由を聞いているのよ」

「結婚も本当だよ」

「フレーシュ、私は既婚者よ。それに、重婚は世界的に禁止されているでしょ？」

私はテット王国にいた頃の記憶を辿《たど》った。

たしか、モーター教の教えで、重婚は厳しく批判されていたはずである。実家にあった聖典の写本にも、「重婚はふしだらで、恥ずべき行いである」と書かれていた。

私はその旨を、フレーシュに伝える。すると、彼は「ふふふ」と面白そうに微笑《ほほえ》んだ。

「そうだけど、レーヴル王国では合法だよ？」

「え、嘘……」

「国王就任時に国内の法律を全部見直したんだ。そうしたら重婚は合法だって書かれてた。モーター教の教義では推奨されていないから、あまり広まらなかったんだろうけど。そのモーター教も、もうないんだし、気にしなくてもいいかなって。もちろん、一対一の結婚が理想だけどね」

それでも、国王の結婚相手が重婚しているなんて外聞が悪すぎる。

(重婚をしている王妃って、受け入れられないと思うのよね。下手をすれば、フレーシュまで批判されてしまうわ。それに私にはシャールがいるし、やはり弟子たちのことは子供のようにしか思えない……)

フレーシュのためにも、辞退するのがいい。

とはいえ、ここで直接フレーシュに訴えても、今までの経験上、聞き入れてもらえなそうだ。それどころか、感情が高ぶって魔力を垂れ流してしまうかもしれない。

彼の魔力は周囲の全ての者を凍らせる危険なものだ。メルキュール家の敷地内を氷漬けにされるのは避けたい。

「フレーシュ、ここへ来た本当の理由を教えてくれる?」

私は一旦、話を逸《そ》らすことにした。いずれにせよ、彼がここへ来た本題については、きちんと聞いておきたい。

「師匠、詳しく説明するために、もう一人ここへ呼んでいい?」

「ええ、もちろんよ」

「ありがとう、急に来ていろいろごめんね。本当に、今しか時間が取れなくて」

フレーシュは、すまなそうに肩をすくめる。やはり、何かあるようだ。

「当然だわ。あなたは王様になりたての、一番忙しい時期だもの」

「僕の事情に師匠を巻き込みたくないけど、何があっても安全に確実に解決できそうな人が他に思い浮かばなかったんだ……」

「水くさいのはなしよ。私はフレーシュの師ですもの。弟子が困っていたら助けるわ。ここに住めているのも、あなたのおかげみたいなものだしね」

「ありがとう、師匠。大好きだよ。それじゃあ、説明してくれる人を呼ぶね」

そう言うと、フレーシュは他人を指定の場所へ転移させる転移魔法を使った。大量の魔力を伴う、大規模な転移魔法だ。

（うーん。魔力をたくさん無駄遣いした、贅沢《ぜいたく》な転移魔法ねえ）

私は懐かしい彼の魔法を前に目を細める。

体内に膨大な魔力を宿し、魔力制御が苦手な二番弟子の使用魔法は、大技になりがちだった。そのため、細かな指定が必要な場所では、魔法アイテムに頼ることもある。そのほうが、誤差を出さずに他人を転移させられるからだ。

今回は、メルキュール家の庭への転移なので問題ない。

少しすると、ベンチの前に、一人の男性が転移してきた。

寝癖でうねっている淡く茶色い髪に、眼鏡から覗《のぞ》く茶色の瞳。身長は高いものの、なんだか気の弱そうな、ひょろりとした人物だ。

おそらく彼は魔法に慣れていないのだろう。転移後の景色を見て、あたふたと慌てよろめき、小石につまずいて、ベシャッと目の前の地面で転んだ。

「ええと、今回師匠にお願いしたいのは、彼の手伝いなんだ。でも無理強いじゃないから、嫌なら断ってね」

「なんだ、そんなこと？　任せて」

笑顔を向けると、フレーシュはやや安堵《あんど》した表情で話し始める。

「彼はティボー。アンシュ王国からレーヴル王国へ亡命してきた、世界情勢なんかの記事を書く記者だ」

「亡命……？　アンシュ王国で、何かあったの？」

少しきな臭い話の予感がした。

フレーシュは真面目な表情で頷《うなず》き、ティボーのほうへ視線を移す。

「ティボー、こちらは僕の敬愛する魔法の師で、ラム・メルキュール伯爵夫人だよ」

紹介された私は、ティボーに挨拶する。

「よろしくね、ティボー。それにしても、なんだか物騒な話題が出そうな雰囲気ねえ」

「うんうん。アンシュ王国は、モーター教の第二の総本山と呼ばれている国だから。起こる事件も過激なのかも」

私の言葉に、フレーシュが頷く。彼はモーター教が好きではないのだ。

今まで、モーター教に散々迷惑をかけられたので、無理もない話である。

「立ち話もなんだから、あなたもベンチに座って」

私はティボーに席を譲ろうとする。

すると、フレーシュが私のほうへ身を寄せ、「こっちに座るといいよ」と、自分の隣のスペースを手で示す。たしかに、スペースはあるけれど……。

「アンシュ王国は、大陸とあまり交流のない島国だったわよね？　あまり詳しく知らないのだけれど……」

今世の私は、まだまだ世情に疎い。大体の国の位置は覚えたが、細かな文化などは、まだ勉強中なのだ。

「そうだよ、師匠。レーヴルと同じ王政を敷く国なんだ。でも、うちの国とは違って、モーター教と仲がいい。国を挙げてモーター教を優遇しているんだ」

「魔法使いにとっては、暮らしにくい国かもね」

そう告げると、フレーシュが「だろうね」と頷いた。実際、過去のレーヴル王国のように、魔力持ちは差別されて暮らしているようだ。

「島国だからなのか情報も遅れがちで、主にティボーのような個人の記者が、外での情報を記事にして広めてる」

「なるほど……」

そこで、フレーシュはティボーに視線を向けた。

「ティボー、師匠に詳しい説明を頼むよ」

「は、はい！　陛下！」

立ち上がって服についた土を払いながら、ティボーはその場で慌てて今回の亡命の経緯を話し始めた。彼の眼鏡がキラリと光る。

「せ、説明させていただきます。実はアンシュ王国では、モーター教はまだ『存在すること』になっているのです！」

「へっ？」

いきなり、とんでもない話が出た。

「解散したのに？　どういうこと？」

「どうやら国の上層部が、モーター教の元司教や元司祭と結託して、情報操作をしているようでして……」

モーター教がなくなった今、各地の司教や司祭も大聖堂などの施設から離れたと聞いた。

彼らの多くは貴族の次男や三男、または裕福な家の出ということもあり、その上教徒たちの信仰心を利用して私腹を肥やしている者も多く、路頭に迷っている者はいないという話である。

（それが、わざわざ他の国へ出張して、そこの上層部に接触しているなんて。何を企《たくら》んでいるのやら）

モーター教の役職持ちにも、様々な人がいるだろう。一概に疑うのはよくない。

わかってはいる。

（でも、今まで私が目にした数々の彼らの悪行を思い出すに……おそらく、ろくでもないことを引き起こしそうだわ）

フレーシュが私に接触してきた意味が、少しわかった。

私なら、最初から彼らを疑ってかかるし、仮に攻撃手段として魔法を使用できる者がいても対処できる。それに、フレーシュのように面が割れていない。

「本当のことを知られたら都合が悪い人がいて、その人たちがティボーが亡命する原因になったと？」

「はい、そんなところです。私はモーター教がなくなった事実を記事に書いたせいで、国外へ亡命する羽目に陥りました。国民の多くは私の記事を信用しておらず、今もモーター教の解散を知らないままなのです」

アンシュ王国の人々を騙《だま》し、モーター教は一体何がしたいのだろう。

そもそも、今はブリュネル公国にある総本山、クール大聖堂でさえ閉鎖されているはずだ。そのことを、モーター教の司教や司祭が知らないはずがない。

（たしか、ランスが各地の聖堂を壊して回っているのよね……）

三番弟子のランスは、あっさりモーター教の教皇を辞めた。

そうして、エポカがいなくなった今、モーター教の施設を回り、解散を知らせているのだ。もちろん、一筋縄ではいかず、現地の司教や司祭から強固な反対に遭うことも珍しくなかった。それでも彼は諦めず、今も各地を巡っている。

エポカが始めたインチキ宗教なので、きちんと解散させて回ることで、ランスなりに責任を取っているつもりらしかった。

（シャール宛に度々届く手紙に、そんな感じのことが書かれていたのよね。しかも、それが完全に終わるまでは、私に会いに来ないと書かれていたわ。そこまで思い詰めなくていいのに）

いずれにせよ、モーター教はもうないし、総本山も機能していない。

となると、孤立した島国という立地を利用して、権力者が国民に嘘を伝えている可能性がある。大陸との交流が少ない閉ざされた環境なら、大半の人は権力者の言葉を信じるはずだ。

(さっきフレーシュも言っていたように、総本山のあるブリュネル公国の次くらいに敬虔《けいけん》なモーター教信者が多いらしいから心配ね)

アンシュ王国では、今もモーター教は変わらず存続しているのだ。

話の続きを聞こうと、私はティボーに視線を移した。

「順を追ってお話しします。私はアンシュ王国在住のフリーの記者でして、主に国外のニュースを記事にして国内に広める仕事をしています」

「ティボーはアンシュ王国の外に出る機会が多いの?」

「はい。私は新聞社などに所属していないので。自由に各地を回って情報を集め、記事を書いてアンシュ王国内で売っています。国内では外の情報が少ないので、私の記事は割と好評だったんですよ……あのときまでは」

話が、さらに不穏な流れになった。

「モーター教解散の記事を書いた直後から、私は周りから嘘つき呼ばわりされるようになりました。国の上層部が『モーター教は解散しておらず、存続している』との発表をしたからです……おかげで、私と同じくモーター教解散の記事を書いた記者は皆、国の発表を鵜呑《うの》みにする人々から酷《ひど》いバッシングを受けました」

「なるほど。国が、何も知らない人々を煽《あお》って利用したと」

「そのようです。いつの間にか私の住居まで特定され、見ず知らずの人から罵詈《ばり》雑言《ぞうごん》を吐かれるようになり、あらぬ噂《うわさ》まで立てられるようになりました。出かけると尾行してくる輩《やから》まで出る始末です」

他人の行動に便乗する他人というのが、一番たちが悪い。

彼らは面白半分に、正義の使者になりきったつもりで、気持ちよく無責任に被害者を追い詰めるのだ。

(その中に、国の意思で動いていて、周りを巻き込んで活動している人間が、何人か交じっている場合もあるけれど)

そのあたりは国によるし、アンシュ王国がどうなのかまではわからない。

いずれにしても、自分で確認を取っていない情報に流されて、身勝手に他人を攻撃するのが、褒められた行動でないことは確かだ。

「巷《ちまた》にはモーター教解散の記事を書いた記者について、批判と悪口を書き並べた記事も出回り、そちらの売れ行きは今や絶好調のようです。ライバル関係にある同業者や新聞社と国が手を組んだようでして……」

「いろいろ大変なことになっているのね」

「それで、さすがに身の危険を感じた私は、ひとまずアンシュ王国を出ることにしたんです。記事に触発された人々が、正義感から私を襲ってくる可能性もありましたので」

アンシュ王国は、モーター教はまだ存在すると、国内の情報を統制したかったのだろう。

そこへ、ティボーが先に解散の記事を出してしまったものだから、慌てて排除に動いた。

やり方はちょっと陰湿だけれど、一般人の排除なら、これが手間やコストがかからない、いい方法だと踏んだのかもしれない。

「レーヴル王国を選んだのは、この国がモーター教と対立していたことがあったからです。敵の敵は味方になってくれる可能性が高いかなと思って」

「フレーシュ陛下はモーター教徒に国内を荒らされたり、城に乗り込まれたりと困らされてきたからねぇ……」

弟子の威厳のためにも、ティボーの前では一応、フレーシュを陛下呼びしておいた。

「は、はい……フレーシュ陛下は、私の話を親身になって聞いてくださいました」

ティボーは一旦話を切り、代わりにフレーシュが再び口を開く。

「それで、僕が気になっているのは、そのあとで彼から聞いた話なんだ。どうやらアンシュ王国は、密《ひそ》かにモーター教の残党を国内に集めている」

「残党？」

「元司教とか、元司祭とか。地位に未練のある役職者を集めて、モーター教を再興しようと動いているらしい」

「それ、本当？」

「ティボーの話だけだから、まだ決定的な証拠は挙がっていない。だから、アンシュ王国の内部を上手《うま》く調査できる人を探しているんだ。そして可能なら、元モーター教の役職者たちにアンシュ王国から出ていってもらいたい」

「なるほど、私なら何かあっても脱出可能だし、安全に調査できるものね」

「うん。でも、師匠が嫌なら、断ってくれていいからね」

私はにっこり笑ってフレーシュを見上げた。

「断るわけないでしょ。可愛《かわい》い弟子の依頼なら、喜んで引き受けてあげる」

「本当？　自分で言い出しておいてあれだけど、アンシュ王国まで出向かなきゃいけないんだよ？」

「私、テット王国とレーヴル王国、オングル帝国しか行ったことがなくて。アンシュ王国がどんな場所か気になるの。もっと、現在の世界を見てみたいのよ」

すると、ティボーが嬉《うれ》しそうに微笑んだ。

「アンシュ王国は自然が豊かで、未《いま》だ解明されていない秘境が数多くあるんです。それに、食べ物が美味《おい》しい場所ですよ。特に質の高いドリアンの産地として有名なんです」

「えっ？　最後の言葉を、もう一回……」

「ドリアンの産地なんです！　新鮮な完熟ドリアンが食べられますよ」

「なんですって……！　行く！　絶対に行くわ！」

一も二もなく、私は口を開いて返事した。

ドリアンは私の大好物だ。正確には、私がよく口にするのはドリアンジュースだが、ジュースが美味しいなら果実も美味しいはずである。

国外へ出荷されるドリアンは、未熟な状態のものを収穫しており、追熟させてから食べるのが一般的だ。それを、アンシュ王国内なら、採れたての完熟ドリアンを食べることができるのだ。

そのような素晴らしいものが、たくさんある場所だなんて、モーター教のことはさておき、素晴らしいところに違いない。

「ありがとう、師匠。それじゃあ詳しい調査方法について伝えるね」

私が嬉しそうにしているからか、フレーシュもにこにこしている。

「アンシュ王国の王宮はレーヴル王国より閉鎖的で、部外者の侵入を徹底的に避けている。城内に入れるのは、城内の住人や高位の貴族、国が招いた賓客だけだ。そして、モーター教の者たちは、現在城の中にいると思う」

「中に入って調査したいのに、城に入りにくいってわけね。転移魔法で直接王宮内に飛んじゃえば、いいんじゃないかしら」

「師匠、残念ながら王宮の部屋の正確な座標は、こちらで把握できていないんだ。適当な場所に飛んじゃったら目立ちすぎるよ。今の人たちは魔法に耐性がないし、熱心なモーター教信者がほとんどの国なんだから。ただの転移魔法でも大騒ぎになること間違いなしだ」

「じゃあ、見た人の記憶を消しちゃえば……」

「あの魔法は加減が難しい上に、やりすぎたら十年くらい記憶が飛んじゃうでしょ？　師匠が昔、適当に魔法を使ったせいで、道で絡んできた悪人を幼児化させちゃったの覚えてる？　大勢の記憶を一度に消すとなると、それこそ大惨事になるよ？」

「そういえば、そんなこともあったわねえ。なら、遠隔魔法か幻影魔法で……」

「王宮内は魔力のない人間ばかりだろうから、魔力を辿る遠隔魔法での探知ができない。幻影魔法でも、かなり大がかりになっちゃうし、細かな再現が必要だ。師匠の性格だったら、絶対に途中で飽きるでしょ？　他のことに気を取られたら、すぐそっちへ行っちゃうし……幻影魔法を維持し続けるのは大変だと思う」

　さすが二番弟子だ。私のことをよくわかっている。

「否定できないわ」

「でしょ？」

「アンシュ王国にレーヴル王国の介入がばれたら、外交問題になってしまうわよねえ」

　他国が表立ってアンシュ王国内を探り回るのは外聞が悪い。国王のフレーシュにも、迷惑がかかるだろう。

　ほとんどの国がモーター教信仰から抜け出せていない今、レーヴル王国が多くの国から糾弾されるような事態は避けたい。

「師匠なら、上手く誤魔化してくれると信じているけど。今回に限って言えば、変に目立たないほうがいいかも。回りくどい方法しか選べなくてごめんね」

「あなたが気に病む必要はないのよ。私、潜入だってやってみせるわ。楽しそうだし」

　ティボーもフレーシュに賛成のようだ。大きく頷いている。

「外部の者が簡単に侵入できる手段が一つだけあります。王国騎士団に入れば、仕事で自然と王宮に配属され、怪しまれずに中を調査することができるのです」

　ティボーが遠慮がちに説明する。

「……王国騎士団？」

「はい。アンシュ王国にはいくつかの騎士団があります。他国との争いに備える王国鷲団《わしだん》、国内の治安を守る警備メインの王国獅子団《ししだん》、王都に常駐して王城を守っている王国騎士団です。今回入る予定の王国騎士団の仕事は、毎日の訓練と王城の警備、イベント時の要人警護などです」

「その騎士団って、私でも入れるの？」

「もちろんです。名門の王国鷲団や王国獅子団には厳しい審査がありますけど、王国騎士団はいわゆる吹《ふ》き溜《だ》まりのような騎士団で……人手不足のため、誰にでも広く門戸を開いているのです。求人票の募集要項には、男女ともに応募できると書かれていますし、実際に女性騎士の採用実績があります」

「王国騎士団は人手不足なの？」

　五百年前の基準だと、王都の騎士団に所属している人は高給取りだ。今でもそれは変わらないように思える。

「そうなんです。この騎士団はとにかく人が居着かず、すぐ入団者を募るので……関係者の間では、よくない職場として有名なのです。国の上層部やモーター教徒との癒着も酷く、何か問題が起きても、モーター教の教会にお布施をして、向こうに解決してもらっている状況なんです」

「なるほど。ろくに仕事をしていないのね」

「はい、メンバーは家を継げない貴族の次男や三男の中でも、特に使い物にならない者たちが占めています。優秀な者は鷲団や獅子団へ行きますから。騎士団は行き場のない貴族子弟の最終的な受け皿みたいなものですね。あとは彼らの下で働く、入団試験を受けて入ってきた平民たちで構成されています。だからこそ、我々も潜入しやすいと思うんです。上手く潜り込めば、業務で自由に王宮に出入りできるはず」

私は、ティボーの言葉に頷いた。

「もっと詳しく教えて」

「危険な業務は、さほどないと思われます。ただ、先ほども申し上げましたように、職場環境が悪くて。私が調べただけでも数々の問題が出てきました。一番の問題は、現在の騎士団長です」

ティボーは記者なので、情報通みたいだ。私は話の続きを促すように彼を見る。

「今の騎士団長は、アンシュ王国の侯爵家の次男です。親の権力や自らの地位を笠《かさ》に着て、騎士団内で好き放題悪事を重ねています」

「誰も止めないの？」

「はい。侯爵令息なので、まず強く注意できる相手が限られています。さらに、自分を正当化するためなら、なんでもやる性格ですので、今までに彼をいさめた人物はことごとく酷い目に遭ったようです。現在ではもう、誰も彼の行動に触れません。放っておけば必要な仕事はこなすので、周りは彼に関わらない方向に舵《かじ》を切ったようです」

「あらまあ、困った人ね。それじゃあ、私が行って、少しでも彼を改心できればいいわね」

「ええっ、そんなの、無理ですよっ。情報収集以外に危険なことはしないでください！　あなたの身が心配です」

慌てふためくティボーに向かって、フレーシュが告げる。

「師匠は強いから。正攻法なら誰にも負けないよ。でもまあ、僕も危ないことは避けてほしいと思うな」

「ラムさんが強い!?　いえ、陛下のお考えを否定するわけではありませんが、彼女はか弱いご夫人ですので、にわかには信じられないのです」

ティボーは疑わしそうに私を見た。

「師匠はとても可愛いから、ティボーの気持ちもわかるよ。でも、僕が頼りにする素晴らしい女性なんだ。そこは信用してほしいな」

「は、はい。陛下がそう仰《おっしゃ》るなら」

私がアンシュ王国を調査するのに、ティボーも異論はないようだ。真摯な顔つきで、私に向かって手を差し出す。

「ラムさん、今回の調査ではお世話になります。くれぐれも、ご無理はなさらないでください」

まだ完全に信用されてはいないみたいだが、それは追々証明していけばいい。

「大船に乗ったつもりで、任せてちょうだい」

私も手を前に出して、ティボーと握手する。

さらに細かい打ち合わせが始まった。

「では、ラムさん。改めて……あなたには、アンシュ王国内での潜入調査をお願いします」

「私はアンシュ王国の騎士団に入って、仕事として王宮内に潜入し、あなたのえん罪を晴らせるようなモーター教の情報を集めればいいのね？」

確認すると、フレーシュとティボーが大きく頷いた。

「騎士団には、私も同行します。国内の情報について、ある程度フォローできるかと。自分の問題なのに、ラムさんだけに危険な役を押しつけたくはありませんから」

いい心がけだとばかりに、フレーシュはティボーを見て笑みを浮かべる。こんな依頼者だからこそ、フレーシュは私に彼を紹介したのだろう。

私もまた、微笑みを浮かべてティボーを見た。

「ありがとう、心強いわ。アンシュ王国でも現地の情報を教えてもらえると助かるわ。私はちょっと、世の中の事情に疎いから」

「お任せください！」

元気よく返事をし、ティボーは頬を赤らめる。

彼を見たフレーシュが、すかさず咳払いした。

「師匠は世の中に疎くなんかないよ。あーあ、僕も一緒についていきたいなぁ……」

「フレーシュ陛下は、仕事が落ち着いたら一緒にお出かけしましょう。今は即位後でそれどころじゃないでしょう？」

「ありがとう、師匠。今の言葉を糧にすれば、国王の面倒な仕事もやっていけそうだ」

彼の今世での成長ぶりには、いつも驚かされる。

「きちんと、いい王様をやれていて偉いわね」

褒めると、フレーシュは横から頭を突き出した。

（撫《な》でてほしいのね？）

前世からの癖は、国王になっても治らないようだった。

「大丈夫よ、フレーシュ陛下。私は、ちゃんとアンシュ王国の騎士団に入って、しっかり調査をするわ。ついでに、社会勉強もできるし一石二鳥よ」

魔法一色の人生だったので、今まで騎士に興味を持つことはなかった。

（五百年前でも、彼らは魔法を使わず、魔法アイテムの武器を振り回すだけだったのよね。今世では魔法なしで仕事をしているはず……）

アンシュ王国へ行けば、メルキュール家以外で新たな経験が積めるかもしれない。

（そして、きっと新鮮なドリアンが食べられるわ）

いいことずくめだ。

「師匠、気負わなくていいよ。なるべく内密な調査が望ましいけれど、事が上手く運ぶとは限らない。身の安全を最優先にして、何かあれば遠慮なく魔法に頼ってね」

「えっ？」

「万一国際問題になったら、僕が文句を言ってくる輩を、全員凍らせちゃえばいいだけだから。師匠は気楽に調査してきて」

「……ええ、そうね」

フレーシュの言葉で、気楽に調査できなくなってしまった。彼なら本当にそれを実行するだろう。

（魔力量が多すぎるのも困りものね）

とりあえず、フレーシュが動かずに済むよう、きちんと段階を踏んで調査していこうと思う。

三人で詳細を詰めていると、シャールが屋敷の方角から歩いてきた。仕事が一区切りついたのだろう。

「あら、シャール。ちょうどいいところへ来たわね」

私たちが座るベンチの正面で立ち止まったシャールは、訝《いぶか》しげに私やフレーシュたちを見る。

「なんだ、この面子《メンツ》は。ラム、また厄介ごとに首を突っ込んだのか？」

「どうしてわかったの？」

それには答えず、シャールは深々とため息を吐《つ》く。

「ようやく体調が安定してきたというのに、また無茶をする気ではないだろうな」

「フレーシュ陛下から少し頼まれごとをしただけだから平気。私、しばらくの間、アンシュ王国へ行ってくるわ」

すると、彼は今度はフレーシュに向き直った。

「私に無断で妻に仕事を振らないでもらえるか？　あと、距離が近い」

「非公式で会いに来ただけだよ。そもそも、師匠の決断に、どうして伯爵の許可が必要なの？」

シャールから不穏なオーラが立ちのぼり、フレーシュから抑えきれない冷気が垂れ流れる。気まずい雰囲気を感じ取ったティボーが、青白い顔になって固まってしまった。

「二人とも、うちの庭で喧嘩《けんか》したら怒るわよ」

弟子たちの中で、おそらくシャールとフレーシュが一番相性が悪い。

三番弟子のランスは彼を同士認定しているし、一番弟子のエペも彼にヒヨコだなんだと文句を言いつつ、四番弟子として受け入れている。

フレーシュも、この島に滞在させてくれたり、シャールに伯爵位をくれたり……互いを認めていないわけではないと思う。ただ……。

（単に性格が合わないのでしょうね）

互いに気難しく、用心深すぎるのだろう。

「アンシュ王国へ行って、王宮内部の事情を探ってくるよう頼まれただけよ」

「お、奥様にご協力いただくことになり、すみません。じ、実は……」

ピリピリとした空気に耐えられなくなったようで、ティボーがシャールにもこれまでの経緯を説明してくれた。頼りなさそうに見えるけれど、いい人だ。

「……なるほど、またモーター教絡みなのか。本当にしぶとい集団だ」

「エポカもいなくなったし、ランスも各地の聖堂を回って、解散宣言をしている。聖人や聖騎士も、カオやネアン以外は全員ハリネズミになってる。だから、以前ほどの脅威はないはずよ。でも、また変なことを企んでいるかもしれないから、私も心配なの。何もなければ、そのまま帰ってくるわ」

「どうしても行くつもりか？」

「ええ、アンシュ王国がどんなところなのか、興味があるし……。それに、ランスがモーター教の残党について知って、大騒ぎを起こす前に、様子は見ておきたいところね。あの子、何するかわからないところがあるから」

「たしかに。たまに来る手紙には、過激な内容も書かれているな」

シャールとランスはたまに文通する仲なので、彼はランスの近況をおおまかに把握している。

「モーター教のこともあるけど、単純に他国を見て回れるのが楽しみなの。特に、アンシュ王国には秘境がたくさんあるらしいから……ひょっとすると、師匠の手がかりも見つけられるかもしれない。いかにも、隠れ里がありそうな場所じゃない？」

以前、ランスがエルフィン族の隠れ里に関して、私に話してくれたことがある。

閉鎖的なエルフィン族は、五百年前にも、ほとんど姿を見せなかった。魔法の祖と言える彼らの暮らしは、ずっと謎に包まれているのだ。

私はフィーニスと一緒に暮らしていたが、基本的な文化や魔法について理解しているだけ。そして、フィーニス自体がエルフィン族の中でも変わり者の部類だったので、彼女以外のエルフィン族については、知らないままだった。

フィーニスもそうだが、彼らは人間と距離を置き、同族ともつるまない。

一人孤独に各地を旅したり、調べ物をしたり、魔法を究めたりしている。

そんなエルフィン族が、一カ所に複数人で定住しているという話は、興味深いものだった。とても気になる。

エポカの事件で、エルフィン族の隠れ里についてのランスの話は、うやむやになってしまった。

しかし、そのあと私はシャールを経由して、手紙でランスにエルフィン族の隠れ里について尋ねている。残念ながら、それに関しての返信は来ていないが。

（……結局、師匠の手がかりは、ないままなのよね）

隠れ里は、人里離れた場所であるだけでなく、普通の人間には見つけられない仕様になっているだろう。おそらく、魔法で里の出入口を管理し、通常の方法では行き着けないよう作られているに違いない。

（ランスがどうやって隠れ里を見つけたかは、わからないけど……）

アンシュ王国へ行ったからといって、確実にフィーニスにたどり着ける保証はなかった。

それでも、少しずつでも、かつて世話になった師に近づきたい。

別れが不本意だったので、尚更《なおさら》そう思う。

「ラム、お前がそう言うのなら、アンシュ王国行きには反対しないが」

「行ってきていいの？」

「……不安要素が多いから、私も同行したい」

「一人くらいなら、増えても問題ないかしら」

私はティボーに尋ねる。

シャールは魔法も使えるし、身体能力も高いので騎士として潜入するのに適している。

ティボーを見ると、嬉しそうに頷いていた。彼にとっては、私よりシャールのほうが頼もしく見えるらしい。

「ラム、双子も連れていって構わないだろうか？　最近平和すぎて、フエがだらけている。バルも退屈しのぎに余計な騒動を起こしそうだ」

「そういえば……」

私は近頃の双子の行動を思い起こした。

フエは屋敷を抜け出して、島のお気に入りの場所でごろごろしていることが増えた。

バルも屋敷を抜け出して、どこかへ行ったまま戻ってこないことがある。

二人ともいい大人なので、放っておいても大丈夫だが、今までが忙しすぎただけに、現在の穏やかすぎる生活に退屈しているのだろう。

一緒にアンシュ王国へ行くのは、いい考えかもしれない。

（様子の変わった双子を心配して外出を提案するなんて、シャールも成長したわね）

私も彼の意見に賛成だ。

「でも、屋敷はどうしましょう。大人がいなくなってしまうわ」

「屋敷はカノンたちに任せる。私が引退したときに備え、あいつらにも屋敷を管理する予行演習が必要だ。エポカとの戦いの際は、上手く留守番をやれていたから問題ないだろう」

「そうね、あのときは皆、きちんと屋敷を守ってくれたわね」

「跡取りのカノンには、私がいなくても、支障なく屋敷を回せるようになってもらいたい」

「なるほど、早いところ引退したいのね」

図星を指されたシャールは、気まずそうに目を逸らす。

「……万一に備え、仕事に慣れさせておく必要はあるだろう」

「それもそうね。私も、いい練習の機会だと思うわ。ティボー、あと二人増えても大丈夫？ シャールの補佐たちを連れていきたいの」

「はい……なんとか……してみせます」

頼もしい答えが返ってくる。

そういうわけで、私とシャールとバルとフエは、アンシュ王国へ向かうことが決まった。

問題が解決したのを見届け、フレーシュが私に話しかける。

「それじゃあ師匠、僕らはそろそろお暇《いとま》するよ。早く帰らないと、今頃部下が僕を探しているだろうから」

「ええ、フレーシュ陛下は王様業を頑張っていて、本当に偉いわ」

褒めると、フレーシュは心からの嬉しさを表すような、花のような微笑みを浮かべた。

「師匠、今度僕の家にも遊びに来てね。兄弟子殿とばかり会っているから嫉妬しちゃう」

なるほど、これが本音のようだ。

エペとばかり会っているわけでもないが、彼が隣に越してきたことは、フレーシュの想定外だったらしい。メルキュール家とエペたちは隣人ということもあって、交流があるため、フレーシュとしては寂しく思ってしまうのだろう。

「わかったわ。今度はレーヴル城に、フレーシュ陛下の頑張っている姿を見に行くわね」

「本当？　歓迎するから絶対に来てね」

答えると彼は顔を輝かせ、上機嫌でベンチから立ち上がると、ティボーと共に城へ転移していった。

彼らを見送り、私は今後の仕事に思いを馳《は》せる。

騎士団への潜入の仕事は、難しいかもしれないがとても興味深い。

「さて、今からでも、騎士っぽくふるまう練習をしたほうがいいかしら」

付け焼き刃でも、何もしないよりはいいと思われた。

張り切る私を見て、シャールが質問する。

「ちなみにラム、剣を扱ったことはあるのか？」

「箒なら任せて」

私の回答で大体の事情を察したようで、シャールはため息を吐く。

「……はあ。予想はしていたが、前途多難だな」

そうして、彼は遠い目で空を見上げ、「完全な人選ミスだろう」と呟《つぶや》いたのだった。

あれから一ヶ月ほどが過ぎ、私たちは転移魔法でアンシュ王国までやって来た。

書類やら手続きなどは、全部フレーシュたちが偽造してくれ、私たちはアンシュ王国の平民という設定になっている。この辺りの国々は、顔立ちや言葉も共通だし、経歴を偽装しても怪しまれることはないだろう。

転移したのは王都オバールの街の片隅で、人通りがない場所だった。

そこから徒歩で大通りへ移動し、雑踏に交じる。

「王都は栄えているわね。テット王国よりも人口が多いわ」

観光気分で、私はキョロキョロと首を動かした。

「住める場所が少ないので、王都に人口が密集してしまうのです。開拓するにも地形が山や谷ばかりでして、わざわざそちらへ移住したい人も少ないですし」

前を歩くティボーが、振り返って教えてくれる。

「なるほど。今の世の中では、魔法も使えないものね」

「開拓の魔法がどんなものか知りませんが、人力だけでは厳しいです。ここの王都は平地にありますし、川も近いので、何かと便利だったのでしょう。国の人口のほとんどが王都か周辺の郊外に住んでいますから」

後ろを歩く双子が「人に酔いそう……」と愚痴を漏らしている。

国中の人が集まっているなら、人の多さにも納得だ。

「とてもにぎやかな街ね」

石畳には若干のひび割れがあるし、建物も全体的に古いが、道を行き交う人々には活気がある。

無造作に並んだ屋台からは、元気な呼び込みの声が響いていた。

デマ情報を信じている国民がほとんどだが、文化が遅れているわけではないようだ。

「あ、ドリアン！　とても大きくて、美味《おい》しそう！」

「ラム、入団試験に間に合わなくなるから、買うのはあとだ」

周りを見ながら進んでいると、前方に大きな広場が見えてくる。

その正面には立派な大聖堂がどーんと鎮座していた。

（……あの大聖堂、まだ機能しているわ）

敬虔《けいけん》なモーター教の人々が、吸い込まれるように開け放たれた扉から中へ入っていくのが見える。

誰もが普通にそうしており、モーター教が解散したことを知らないのだという事実がありありと感じられた。

（ランスも、ここへはまだ来ていないのね）

今は大陸を中心に、モーター教を解散して回っているのだろう。

それもあって、元モーター教の者たちは、アンシュ王国を目指したのかもしれない。

「皆さん、これから王国騎士団の試験会場へ向かいますが、私たちの関係をおさらいしますよ」

ティボーが潜入するに当たっての、最終確認を始める。

「レーヴル王国で取り決めたとおり、ラムさんとシャールさんは、夫婦ではなく赤の他人という設定です。そして、シャールさんとフエさんやバルさんも、上司部下の関係ではありません。フエさんとバルさんは、さすがに似すぎているので、平民の双子という設定で潜入します。よろしいですか？」

「はーい」

私は元気よく返事する。

「王国騎士団への入団に当たって必要な書類は全てこちらで用意しました。身分や資産の確認、モーター教徒である証明書などですね。あ、魔力持ちということも、なるべく隠しておいてください。アンシュ王国では差別対象になりますので」

「はーい」

私は再び元気に返事をした。

なるべく魔法は使わない。こちらが被害を受けない限りは……だけれど。

「事前にお話ししていたとおり、入団試験では剣術や槍術《そうじゅつ》や馬術について、実力を問われる場合が多いです。その辺りの対策は大丈夫ですよね？」

全員が一斉に私を見た。

「な、何？」

シャールがティボーに向かって、真面目な表情で告げる。

「妻に剣や槍《やり》を持たせるのは反対だ。庭で練習した際、どちらも手からすっぽ抜けて、あらぬ方向へ飛んでいった」

続いてバルが口を挟む。

「そうそう、魔法なしじゃ重くて振れないしさ。体力もないから、すぐにバテちゃうし」

「乗馬のほうも厳しそうです。以前、奥様が騎乗に挑戦した際は、馬が一歩も動きませんでしたので～」

フエまで一緒になって、私の練習時の光景を暴露した。

「ばれないように魔法を使えば大丈夫よ」

ぼそぼそと、私は言い訳する。

今、魔力持ちだということを隠せと言われたばかりだが、魔法を使わないことには、私の運動能力はさっぱりなのである。

（メルキュール家のメンバーが、すごすぎるだけなのよ。子供たちだって、皆運動神経がいいし）

少し落ち込んでしまうのは仕方がない。

魔法以外のこととなると、私はからきし役に立たないのだ。

「……ええと、話を続けますね？」

ティボーはシャールたちの訴えを、聞かなかったことにするようで、普通に説明を続ける。

「いいですか。既にご存じのように、王国騎士団には形だけですが、新人騎士に向けた入団試験があります。まずはそこで、ほどほどによい成績を残してください。決して目立ってはいけません。

良い成績を残さなくとも、どうせ全員が受かる仕組みになっていますから」

人手不足が深刻な王国騎士団では、入団希望者は誰でも入れる仕組みになっているそうだ。

「年に二回ほど入団試験がありますが、新人が増えるよりも、既存の騎士が辞めていくスピードが速いのです。まずは無難に騎士の中に紛れ込むことを目指しましょう。調査がしやすくなります」

ティボーの話を聞いた双子が、抗議の声を上げる。

「え～～」

「かなり手加減が必要だよね。勝ちすぎても負けすぎても駄目だなんて、面倒くさいなあ」

「……」

怒ってもいいところだが、ティボーは律儀に理由を説明した。

「ああいった場所では、出来がよすぎれば嫉妬や恨みを買い、悪すぎれば糾弾の対象になるのです。皆さんは、真ん中より少し上を目指してください。合い言葉は、当たり障りなく！　とにかく誰にも目をつけられないように」

「え～～」

「うーん、失敗したらごめんねー」

フエは先ほどから「え～～」しか言っていないし、バルに至っては試験を諦めかけている。双子はティボーの微妙な指示が、お気に召さないみたいだった。

「皆、何かあれば私が魔法で誤魔化すわ。気楽に頑張りましょう」

励まそうとしたら、バルの矛先が私とティボーに向く。

「まあ、僕らやシャール様は大丈夫として、奥様とティボーは……ねえ……」

「特に奥様は、ズルしないと剣も振るえませんからねえ」

フエまで双子の兄に便乗していた。

ズルとは軽量化や攻撃威力増加の魔法を指す。

「シャール様が入団試験に向けて、何度か奥様の剣術や槍術の練習に付き合っていましたけど、途中から武器を介した魔法合戦になって、結局まともに戦えていませんでしたよね」

私とシャールは、揃《そろ》ってフエから目を逸《そ》らす。彼の言うとおりだった。

シャールが練習に付き合ってくれたものの、全く歯が立たずあしらわれてしまい、悔しさから剣や槍に魔力を乗せて応戦してみたら、彼もそれに乗ってきてしまったのだ。

お互いに楽しんだが、技術の向上には繋《つな》がらなかった。

(何も言い返せないわ。私はシャールに勝ちたくて、シャールは新魔法を試したくて……悪い風に、互いの目的が一致しちゃったのよね)

ティボーが「その話、初耳なんですけど!?」と、焦った目で私を見てくる。

「大丈夫よ。本番は……魔法で密《ひそ》かにズルして、なんとかするから」

まさしく双子の言うとおりなので、言っていて、ちょっと悲しくなってきた。

「怪しいな」

「怪しいですね」

その双子はといえば、揃って私に不信感を露《あら》わにした視線を向けている。信用がない。

「大丈夫だ。いざとなれば、私もラムの行動を誤魔化そう。最近は、幻影を見せる魔法の技術も格段に上がってきたからな」

シャールも酷《ひど》い言いようである。

いたたまれなくなった私は、ティボーに話を振った。

「そういうティボーはどうなのよ。あなた、剣術や槍術、馬術は得意なの？」

「私もいずれも得意ではありません。レーヴル王国で練習はしましたが……まあ、あはは。とりあえず、平均を目指して頑張ります」

「私と同じで、できない仲間じゃないの」

いい感じに試験を乗り越えられるかどうかは、私とティボーの肩にかかっているようだった。

広場から王宮の前へ移動した私たちは、王国騎士団の試験会場である、「騎士団訓練場」へ向かう。

訓練場は広い庭の裏側に位置しており、外からは見えないようになっていた。出入口は裏門を指定されている。裏門のすぐ外には、王国騎士団専用の騎士団宿舎もあった。

「ちょっと緊張してきました」

ティボーの表情が硬くなっている。

既に訓練場には、何人かの入団希望者が集まっていた。

「あら、入団希望者がたくさんいるわねえ。思ったより多いわ」

「ラムさん、この中で来年まで騎士団に残るのは一人か二人ですよ……あとは皆、耐えきれずに辞めていくんです。体を壊す人もいます」

私を見たティボーは、今度は暗い空気を纏《まと》いだした。

「大丈夫よ。あなたは調査で一時的に入団するだけでしょ？　何かあれば助けてあげるわ」

元気づけようとするものの、いまいち信用がないようだ。ティボーはどんよりした雰囲気のままである。

「ラム、そっとしておいてやろう。そのうち、嫌でも試験が始まる」

シャールは完全に他人事《ひとごと》だ。頷《うなず》いた私は、彼と並んで歩を進める。

「かなり余裕を持って来たけれど、皆早いわねえ」

試験のためか、皆、準備運動に余念がないようだ。あちこちで腕立て伏せをしたり、走ったりしている。

暢気《のんき》に見物しながら受付を済ませると、私たちに向かって、どこからか怒声が飛んできた。

「遅いっ！」

びっくりして、全員で声のほうを振り返る。

すると、大きな体の中年男性が、がっしりした肩を怒らせながら、のっしのっしと近づいてくるのが見えた。

（王国騎士団の人のようだけど……）

黒髪を角形に刈り上げにし、やや日焼けした強面《こわもて》の男性だ。彼は私たち五人を見て、大きく目をつり上げる。

「お前たち、試験の何分前だと思っているんだ！」

「ええと？」

放っておくと余計なことを言い出しかねない、メルキュール家のメンバーをフォローするがごとく、前に滑り込んできたティボーが受け答えした。意外と素早い動きだ。

「に、二十分前です」

「そうだ、二十分前だ！　試験を嘗《な》めてんのか！」

誰かわからないが、男性はつばを飛ばしながら怒鳴り続ける。どうしてそんなに怒る必要があるのだろう。

「普通は一時間前には着いていて当たり前だろうがっ！　貴様ら、入団試験は遊びじゃないんだぞ！」

彼の言っている意味がわからない。

（どうして理由もないのに、一時間も前に来なければならないの？　そんなに早く来て、一体何をするの？　準備運動にしても長すぎるわよね？）

入団試験の案内資料には、「できれば、五分前に集まるように」と書かれているだけだった。

（時間どおりに行けばいいと思っていたけれど）

憤慨する男性を見るに、それは違うようだ。

（意味がわからないわね。だったら、『一時間前に集合』って、ちゃんと資料に書いておきなさいよ）

ぽかんと口を開けているメルキュール家のメンバーに代わって、ティボーが男に謝る。

「申し訳ございませんっ！　ほ、ほら、あなたたちも頭を下げて！」

なんだか必死な様子だったので、私たちもティボーの真似《まね》をして頭を下げた。

理解できないことだらけだ。

「罰として、開始時刻まで腕立てしていろ！　サボるなよ！」

言うだけ言ってスッキリしたのか、男はさっさときびすを返す。

新たに試験を受けにやって来た入団者に、同じように絡みに行ったようだ。

「……なんなの、あの人」

近くで腕立てをしている人が何人かいたのは、試験の準備運動などではなく、同じように彼から怒鳴られたからだったのだろう。

「腕立て、皆でやったほうがいい？」

ティボーに聞くと、彼は高速で首を縦に動かす。無難に溶け込むために必要なようだ。

だが、シャールがそれを制した。

「ラム、腕立てなんてできないだろう。屋敷でも、軽い箒《ほうき》を振り回すので精一杯なのに」

「シャールったら、大丈夫だってば。一回ごとに地面にベシャッと崩れちゃうけど、なんとかやれるわよ」

「……それは腕立てとは言わない」

困ったことに、彼の中で私は、いつまで経《た》っても、「ひ弱すぎる伯爵夫人」のままのようだ。憤慨する私を、シャールは適当に返事をしながら宥《なだ》める。

「とにかく、ラムの姿は魔法を使って誤魔化す。一回ごとに崩れる腕立てなんぞを見られたら、余計に絡まれて面倒な事態になりそうだ」

「そうですね、ラムさんに関しては……そうしましょう。魔法は控えたいところですが、仕方がありません」

諦めたティボーも、シャールの意見に同意した。

双子は楽しそうに、腕立てについて語っている。

「懐かしい、学舎での、厳しい訓練を思い出しますねえ」

「二十分間なら、ぬるいもんだよね。僕らのときは二時間ぶっ通しで……」

双子はヘラヘラと笑っているが、話している内容は酷い。学舎の訓練は、どれほど厳しかったのだろう。

「でも、腕立てなんて面倒なので……奥様、俺とバルのぶんも魔法で誤魔化してくださいませんか～？」

そして、フエは、いつでもちゃっかりしている。

「いいわよ」

私は魔法で全員が腕立てをしている風景を作り出した。本物の私たちは、一時的に他者から見えない仕様になっている。声も消音魔法で誤魔化しているので、お喋《しゃべ》りし放題だ。

「それで、あの男はなんなのだ？　情緒が不安定そうな奴《やつ》だが……」

シャールが先ほどの男性について、ティボーに尋ねる。ティボーはやや険しい顔つきで答えた。

「おそらく……彼が例の王国騎士団の騎士団長、ガハリエ殿かと思います。私たちの入る騎士団の責任者だとお考えください。ざっくり言うと、国王によって任命された、騎士団の運用を統括する立場の人ですね」

「あんなのが」

シャールの言葉が、皆の心の中を代弁していた。

「ええ。あんなのでも侯爵令息なので、むやみに逆らうのは得策ではありません」

普通は騎士団長のリーダーシップや能力によって、騎士団の戦闘力や政治力は大きく左右されるものだが、今見た限りではどちらも微妙な感じだ。

「ガハリエ殿は、数年前に国王から、王国騎士団の団長に任命されています。問題のある性格との噂《うわさ》ですが、彼の身分もあって誰も逆らえないのです」

「なるほどね、だから人が居着かないのか」

バルが面白そうに言いながら緑色の目を細める。

「あの人が辞めれば、人手不足も解決するんじゃないですか～？」

フエは風魔法で空中に寝そべりながら感想を述べた。幻影魔法で姿が見えないからといって、やりたい放題だ。

（たしかに、二人の言うとおりよねえ）

適当な双子だが、彼らの指摘は的を射ている気がする。だが、それが難しいから、今の今まで王国騎士団は放置されてきたのだろう。

腕立てしている姿を幻影魔法で投影しながら、しばらく過ごしていると、試験の時間になった。

号令がかかり、皆が訓練場の中心へ集まる。

「入団希望者はこちらに集まるように。こらそこーっ！　ちんたら歩くなーっ！」

団長のガハリエは、また怒鳴り散らしていた。

（あんなに怒らなくていいと思うんだけど。変わった人ね）

私たちは他の入団志望者の真似をし、駆け足で集合場所へ向かう。

「それでは、入団試験の内容を発表する。今回の試験は馬上槍試合だ！」

王国騎士団の入団試験は実技的なものがメインだ。

ティボー曰《いわ》く、昔は学力を測る試験もあったそうだが、今では採点が面倒だからと省かれているらしい。実技試験では、戦闘や乗馬の資質が問われる。

他の入団志望者たちは、既に罰の腕立て伏せのせいで、ヘロヘロになっていた。全員で十数名ほどだ。

（可哀想《かわいそう》。あの人たちにも幻影魔法をかけてあげればよかったかも）

しかし、世の中には魔法に拒否反応がある人も多い。ティボーにも、魔法を使いすぎないよう言われていた。判断が難しいところだ。

（せめて、時間を逆行させて、体の痛みや疲れを取ってあげましょう）

私は誰にも気づかれないように、時間を操る闇魔法を実行する。ばれなければいいのだ。

「馬上槍試合ね、槍術と馬術が必要な試験だわ。事前に試験内容を聞いていてよかったわね」

私はほっと息をついた。

「よくないだろ。ラム、お前は試験内容を知っていても、技術が追いついていない。一番脆《もろ》くて軽い槍を両手で持つのがやっとだったじゃないか。それに馬だって……」

ぼそぼそとシャールが横から突っ込んでくる。

「うっ、慣れていないだけよ」

私は、魔法を使わないと馬に乗れない。

乗馬技術はメルキュール家の三人と比べて拙いものだ。今まで、馬に乗る必要がなかったのだから仕方がない。魔法で転移すれば済むのだから。

「お前は明らかに、剣術も槍術も馬術も向いていなかった」

「ううっ」

槍だって、一応は持って突き出すことができたのだから、よしとしてほしい。

突き出した勢いで、槍が手を離れて飛んでいってしまったが。

「はあ、心配だ。ラム、魔法で皮膚は硬くしておこう。硬さはオリハルコンくらいでいいか……倒れても困るから、絶対に転ばないよう体の均衡を保つ魔法と、ついでに他者からの攻撃をばれないように反射する魔法もかけておこう」

シャールは私の体に入念に魔法をかけ始めた。

（オリハルコン並みだと、槍のほうが折れてしまいそうね。しかも反射だから、相手に攻撃が跳ね

返ってしまうわ）

過去に彼と同じ魔法を使った経験があるけれど、ちょっと強度が高すぎたように思う。

私の頬をぶった令嬢の手が真っ赤に腫れていた。

（でも、私が怪我《けが》をしないよう、シャールがせっせと魔法をかけてくれるのは嬉《うれ》しいわね）

大事に思われているのが伝わり、どうしようもなく心がときめいてしまう。

私は微笑《ほほえ》みを浮かべ、彼に告げた。

「大丈夫よ、シャール。ティボーに言われたとおり、ほどほどにいい成績で試験を突破するわ。女性は女性同士での試合になると聞いているし、きっと大丈夫」

ここにいる女性は、私を含めて四人だけだ。

つまり試合は多くても三回だし、その中で二番目になればいいわけである。

（一度か二度勝てば、なんとかなるはず）

対する男性サイドは、入団希望者が十数名いるので、こちらより大変だ。

「ラム、細かいことは求めないから、怪我だけはするな」

シャールが相変わらず、心配してくれている。

そんな彼の様子を見て、双子は生ぬるい視線を送ってきた。

「シャール様ってば、まるで親のようですね」

「奥様は手がかかるもんねー」

バルは一言多い。

今回採用されている試合は、二人の騎士が馬に乗って槍を使い、相手を突き落とすという形式のものだ。人が死なないよう、槍は先端が潰されている。

(馬から落ちれば、普通に痛いけど)

新人にはハードルが高すぎる試験のように思える。

試験なので、あくまで攻撃対象は人であり、馬を狙うのはルール違反とされていた。

ティボーの情報によると、馬は騎士団の大事な持ち物なので、試験で消費するなどもっての外ということだ。

なんにせよ、罪のない馬が怪我するのは、こちらとしても心が痛むので、それでよかった。

集まった入団希望者たちにガハリエが馬上槍試合のルールを告げた。皆、真面目な顔で話を聞いている。

そうして、最後にガハリエが言った。

「なお、女は今回の試験を免除する！　全員合格だ！」

(ん……？)

女性の入団希望者たちは、不思議そうに顔を見合わせる。

(楽だけど)

これでいいのだろうか。

ガハリエは、面倒そうに全員に説明する。

「どうせ全員採用の試験だ。わざわざ使えもしない女騎士の試合に、時間を割くこともないだろう」

（んん……？）

女性たちは皆、困惑している。私もだ。

使えないのなら、どうして採用するのだろうか。よくわからない。

（まあいいわ。槍を振り回さずに済んだし、情報を探るのに支障はないわよね）

私は考えを切り替える。

だが、ガハリエの話には続きがあった。

「代わりに声を上げて、男の入団希望者を応援するように！　お前たちにできることなんて、それくらいだろう。せいぜい男の士気を上げるため役に立て」

（え〜〜）

フエではないのに、そんな言葉が頭に浮かんでくる。他の女性たちも困惑していた。

ここでは、女性騎士は実力に重きを置かれておらず、お飾りのような位置づけなのかもしれない。

五百年前も、国によってはそんな文化があった。

（まあいいわ。怪しまれても困るし、シャールたちを応援しましょう）

とりあえず今は、波風を立てずに過ごすことが先決だ。

しばらくすると、ティボーと他の入団希望者の青年の試合が始まった。

今回の馬上槍試合は、勝ち上がりのトーナメント戦になっている。試合に出る者は、大けがをしないよう、予《あらかじ》め鎧《よろい》を貸し与えられるようだ。

ティボーは、あまり似合わないぶかぶかの鎧を身につけていた。

そうして、レーヴル王国へ来てから練習したのであろう、おぼつかない乗馬で相手と対峙《たいじ》する。

馬が動くたびによろめきそうになる彼を見て、他の入団希望者たちが「あいつ、馬に乗れないのか?」と馬鹿にしたように笑っていた。

（初心者から始めて、一月《ひとつき》足らずで、あそこまでできるようになったのは、すごいと思うのだけれど）

馬に乗れない私は純粋にそう思う。

しかし、他の人は、そんな事情は知らない。

「ティボー、頑張ってー！」

私は応援の声を上げた。

応援が届いたのか、届いていないのか、彼はよろけながらも槍を構える。

（あの鎧、重そうね）

試合が始まり、ティボーと相手は互いに槍を突き出す。

最初の一撃は両者外したようだった。

「頑張れー！」

他の女性たちも声を上げる。

そのときだった、後ろから一喝する、野太く鋭い声が飛んできたのは。

「お前らぁぁぁっ！　声が小さいっ!!」

「へっ……？」

びっくりして、声のほうを振り返る。

最初、私は何を言われたのか、意味がわからなかった。

（声が小さいって？　どういうこと？）

ガハリエは腕を組み、不機嫌顔で女性たちを見下ろしている。

「全然なっとらん！　応援とは、もっと全身全霊で相手を称《たた》えるものだ！　お前たちは、なんのためにここにいるんだ！」

いや、入団試験を受けに来たのだけれど……と言いたいところだが、目立ちたくないティボーのために黙っておく。

（この人、また、意味のわからないことを言っているわね）

そもそも応援というのは、自分の気持ちに従いするものであって、誰かに強要されて行うものではないと思う。

誰かに強要された応援を受けて、やる気になる者なんていないだろう。ただ、相手を気の毒に思い、気まずい気持ちになるだけだ。

「ほら、やり直し！」

ガハリエは何やら応援を仕切り始めた。

（応援のやり直しって何？）

アンシュ王国の文化は難解だ。それとも、これは騎士団の中だけの文化だろうか。

（いずれにしても、好きになれそうにないかも……）

私には合わない。

そうこうしているうちに、ティボーはバランスを崩し、攻撃を受けてもいないのに落馬してしまった。

「勝負あり！」

ガハリエの部下の、男性騎士が判定を下す。相手の勝ちだ。

（ティボーってば。『ほどほどによい成績を目指す』という話だったのに、ボロ負けじゃないの）

次はせめて、鎧を軽くする魔法をかけてあげようと思う私だった。

続けて双子やシャールの出番が来たが、彼らは要領良く、ほどほどに勝ち上がっていく。

そうして、一位と二位を他の入団希望者に譲り、三位がシャール、四位が引き分けでフエとバルという形になった。目的どおり、いい場所をキープできていると思う。

私を含めた女性たちはというと、応援の間中、後ろからガハリエに監視され、窮屈な時間を過ごす羽目になった。全員、げんなりしている。

（もうしばらく、誰も応援したくない……）

対するガハリエは元気いっぱいで、全員に合格を告げた。

「入団試験は全員合格とする！　ただし、敗者復活戦も含めて全て負けた者は、訓練場を百周するように！」

ティボーが、今にも気絶しそうな表情を浮かべている。

鎧や槍を軽量化してあげたにもかかわらず、彼は一回も勝てなかったのだ。

馬を落ち着かせてあげても槍を落としてしまったり、一人で勝手に馬から落っこちていったりする。なんというか、魔法で体を操りでもしない限り、どうにもならないレベルだった。

(仕方ないわね。幻影魔法で助けてあげましょうか)

私は涙目になっているティボーに歩み寄った。

「大丈夫?」

「ラムさん、どうしましょう。私、百周も走れません」

「そうよね」

「もともと運動は苦手で……ここへ来る前に練習はしたのですが……」

「ええ、あなたの頑張りはわかっているわ。私が幻影魔法でなんとかするから、今日は休んでちょうだい」

「は、はい……」

「大丈夫?」

「平気です。この程度で調査を諦めたりしません」

ティボーの目の光は、まだ消えていないようだ。彼は意外と根性がある。

それだけ、彼は記者という仕事に誇りを持っているのだろう。

続いて、私はシャールたちのもとへ移動した。

「皆、お疲れ様」

三人は応援に疲れた私を見て、それぞれ複雑な表情を浮かべている。

「ラム、お前も大変そうだったな。喉は大丈夫か？」

差し出されたシャールの手が、心配そうに私の首筋に触れる。

「ええ、ありがとう。喉は疲れたけれど、体に不調はないわ」

それでも、いつもより元気がないのは明らかで、双子にまで心配されてしまった。

「やばいね、あの団長。ある意味、以前のメルキュール家より訳がわからないよ」

「試合に出る側でよかったです。後ろから監視されながら、他人を応援するなんて微妙すぎます～」

端《はた》から見ても、あの応援は酷かったようだ。

訓練場に視線を向けると、魔法で作り出したティボーの幻影が一生懸命走っている。

（うん、いい感じ）

その後、合格した入団希望者たちは、揃って騎士団宿舎へ連行……もとい案内された。

騎士団宿舎は、メルキュール家の子供たちがいる学舎のような造りで、王城の敷地の外に建っている。

やや古い灰色の建物なのも、以前の学舎を思わせる雰囲気で、早くも壁を淡い黄色に塗り替えたい気持ちが湧いてきた。

「学舎と構造が似ているな」

シャールも同じことを思ったようで、しかめっ面で騎士団宿舎を睨《にら》んでいる。昔を思い出したのだろうか。

「大丈夫？　嫌じゃない？」

「ラム、私を子供扱いするな。私も双子もいい大人だ、こんなことで昔の記憶に引きずられたりしない」

強がりが染みついているシャールはそう言うが、私は彼が心配だった。

屋敷で過ごし、昔のメルキュール家の謎が明らかになるにつれ、私は当時のシャールが置かれた酷すぎる環境を思い知ったのだ。

（グルダンが学舎を牛耳っていた頃より、さらに酷い環境だったわ）

彼はその頃の話を一切私にしないけれど、大事に育てられた公爵家出身の幼い男の子が、理不尽すぎる環境下に置かれ続けて、苦しくなかったわけがない。

それでもシャールは弱音一つ吐かず、誰よりも熱心に、淡々と魔法や戦闘技術を習得していったのだ。

そうして、伯爵になってからも命を削り、同じ調子で激務に耐え続けていたのだろう。他のことに気が回らなくても仕方がないほどに。

（私は想像することしかできないし、妻に対してあんな扱いをしたことが許されるわけでもないけれど。命がけで戦ってきたシャールから見たら、結婚当初のラムは、さぞかしやる気がなく甘ったれた女に見えたのでしょうね……）

ともかく、メルキュール家で続いていた負の連鎖は、シャールの協力もあって完全に断ち切れた。

今の子供たちは、伸び伸びと育っている。

当初の私は、シャールを血も涙もない人だと思っていた。

（けれど、話してみたら柔軟だし、私の意見も聞いてくれるのよね）

偉そうに話しかけてくるときもあるが、そうかと思えば、まるで世間を知らない子供のように素直だったりもする。

とてもアンバランスで、ちぐはぐな態度に戸惑うことも多い。

（仕事では完璧主義者で威圧的で冷酷に見えるのに、私生活ではアウローラグッズのコレクターだし。たまに騙《だま》されて偽物を買わされているし……）

単に、仕事先やメルキュール家当主という立場以外での、プライベートな他人への接し方がわからないのだろう。そういう部分も、なんとなく理解できてきた。

（不器用だけど、本来は優しい部分も持っているのよね）

正常な感性を取り戻した彼は、これからさらに活躍していけると思う。魔法の才能のほうは、申し分ない。

（魔法については、私が教えてあげられるけれど。精神面のほうは、私もそこまで得意じゃないから……あまり力になれないのがもどかしいわね）

今だって、気の利いた言葉をかけてあげられない。

「シャール、何かあれば遠慮なく相談してちょうだいね。私はあなたの味方だから」

「お前こそ大丈夫なのか？　男と女では階が分かれている。一人になってしまうが……」

逆に心配されてしまった。

たしかに、こういう場所に滞在するのは、前世も含めて初めてのことだ。

しかし、私の場合は魔法さえあれば、なんとでもなってしまう。

「平気よ。私を誰だと思っているの。伝説の魔女アウローラよ」

だが、シャールはそれでも私を気にかけたいようだ。もはや、これは、彼の性分なのだろう。

「それもそうだが……何かあれば、迷わず私のところへ来い」

話していると、フエが口を挟んできた。

「奥様がシャール様を心配しているように、シャール様だって奥様のことが心配なんですよ」

「そうそう。夫婦なんだし、互いに心配し合うのは変なことじゃないよ」

バルもフエと同意見のようだ。それを聞いて、シャールの言葉の意味がすとんと腑《ふ》に落ちた。

「そっか。向こうも同じ気持ちなのね」

「奥様は変なところで、鈍いですよねえ」

「いや、奥様はいつも鈍いよ」

今度は双子の意見が割れた。しかし、私が鈍いことに、変わりはないようだ。

だが、二人のおかげで、シャールの気持ちは理解できた。

「ありがとう。シャールも気をつけてね。その、あなたも私のところへ来ていいのよ?」

同じように告げると、シャールはようやく表情を緩めた。

「頼りにしている」

そうして、わしゃわしゃと私の髪を撫《な》でた。

「もう、お返しよ！」

私も手を伸ばしてシャールの髪をわしゃわしゃしようと試みる。

しかし、シャールは背が高い。伸ばした私の手は空《むな》しく空を切った。

（身長がっ……圧倒的に足りない……！）

身を起こした彼の髪に私の手が届くことはなく、ぴょんぴょん跳ねる私を見て、シャールが面白そうに目を細めている。

唯一手が届きそうな、長い後ろ髪の先端を触ろうにも、器用に避けられてしまった。

「ひ、卑怯《ひきょう》よ」

「卑怯なものか。だが、お前を見ていると、魔法以外は本当に心配になるな……」

おそらく、身体能力を指しているのだろう。

たしかに私はじっとしている生活が長かったので、未《いま》だ体力面に難がある。倒れにくくなったものの、力は弱いし持久力もない。運動神経とも無縁だ。

メルキュール家で鍛えられたメンバーと比べれば、魔法なしでの戦闘能力はかなり低いだろう。子供たち以下だ。

「そして、趣味も悪い。入団試験にまで、ジャガイモ柄の運動着を着ていこうとするし」

「それは今、関係ないでしょ。皆に没収されたけど、あの服は、この日のための一張羅だったのよ？」

二人で言い合っていると、後ろからティボーが声をかけてきた。

彼は今、私たち以外には見えない状態だ。魔法で作り出したティボーの幻影が、訓練場を百周して騎士団宿舎へ戻れば、時を同じくして彼の姿も戻るようになっている。

「あのぉ～、ここではあなたたちは夫婦で通っていないので、あまりイチャつかないほうがいいかと思いますよ……」

「い、イチャつく!?」

そんなつもりはなかったので、私は慌てた。シャールはしれっとしている。

すると、双子もにやにやしながら、会話に交じってきた。

「仲よさげに、じゃれ合っているようにしか見えませんよね～。俺やバルは見慣れていますけど。他の方たちからすると、入団早々にカップル誕生って感じでしょうか」

「奥様は鈍いけど、シャール様は、わかってやってるよね。でもさ、ティボー。どうしてイチャつくのが駄目なわけ？」

バルの問いかけに、ティボーが周りを気にしながら答える。

「新人が入団してすぐ色恋に走ったら、絶対に目ぇつけられますって！　集団行動の常識です！こういう場所では、とにかく目立ってはいけないんです！」

ティボーの答えに、双子は納得した様子で頷いた。

「あ～、なるほど。リア充爆《は》ぜろ～、とか思われちゃうんですね？」

「そういうのに、やたらと目くじら立てる奴っているもんね」

理解者を得たことで、ティボーはやや強気になる。

「そういうことですので、ラムさんたちは離れて離れて」

彼が二人の間に入り、私とシャールは引き離されてしまう。

そうして、歩いているうちに、いつの間にか騎士団宿舎の建物に着いていた。

中にいた騎士に指示されたとおり、私は女性のフロアへ移動する。シャールたちとはここで一旦お別れだ。

試験で一緒に応援させられた、他の新人女性たちも一緒だった。

階段を上り上の階まで進むと、先輩らしき女性騎士が集団で固まって待っている。

全員、鍛えて逞《たくま》しいという雰囲気はない。化粧は濃く、服装も華美で、とても騎士には見えなかった。

その中から一人の、つり目がちな女性が前へ歩み出る。

彼女が女性側の責任者に当たる騎士なのだろう。ひときわ派手だ。

「あなたたち。どうして、のろのろと歩いて階段を上っているの？　私たちをここで待たせておいて涼しい顔をしているなんて信じられない」

彼女がそう言うと、取り巻きらしき騎士たちが騒ぎだした。

「そうよ！　班長の言うとおりだわ！　全速力で走ってきなさいよ！」

「新人のくせに、先輩騎士を馬鹿にしているの？　生意気なのよ！」

歩いて移動しただけで、馬鹿にされていると思い込むなんて、ちょっと被害妄想が過ぎるのではないだろうか。

それに、誰も待っていてくれとは頼んでいない。むしろ、そんなことになっているとは知らなかった。

（こちらも、さっきの団長と同じで、面倒くさい人たちのようね）

一緒に来た他の新人たちは、完全に怯《おび》えて小さくなってしまっている。

「罰として、今日の食事は抜きよ。それから、あんたたちはしばらく、倉庫で寝泊まりなさい。新人が部屋を使うなんて、もったいないわ！」

班長と呼ばれた女性が高らかに告げると、取り巻きたちが新人を倉庫へ続く廊下へ誘導する。部屋が余っているのに、もったいないなんて意味不明だ。

（なんだかこの感じ、懐かしいわねえ）

かつてのラムも、侍女やらメイドやらに同じ目に遭わされていた。

ティボーから「騒ぎを起こすな」と言われているので、ひとまず大人しく従うことにする。しかし……。

「ちょっとそこの変な髪色の女、あんたは残りなさい！」

なんと私一人だけ、呼び止められてしまった。他の新人が心配そうな目を向けてくれている。いい子たちだ。

私は「大丈夫よ」と彼女たちに向けて微笑む。

「何笑ってんのよ。あんた、初日から調子に乗りすぎね！」

どうして微笑むことが、調子に乗ることに繋がるのか。

（そんなことより、早くドリアンが食べたいわ。街では買うことができなかったから……食事で出てくると思ったのに）

この騎士団宿舎の食卓に、ドリアンが上るのが楽しみで仕方がない。

すると、私の楽しい妄想をかき消すように、班長が金切り声を上げる。

「さっきだって、一人だけ男とイチャついていたでしょう！」

「なるほど」

ティボーの指摘が正しかったようだ。双子の会話も思い出される。

シャールと一緒にいたことで、私は目立って、目をつけられてしまったらしい。

「たぶん、『爆ぜろ～』とか思われちゃったのね。『そういうのに目くじら立てる奴がいる』って言っていたもの」

ぶつぶつ呟《つぶや》いていると、班長の取り巻きっぽい、別の女性がキンキンした声で叫んだ。

「はあ？　あんた、誰に向かって口をきいてんの!?　班長に逆らって、ただで済むと思っているの？」

騒ぎを起こしてはいけないと言われたが、食事を抜かれたり倉庫で寝たりするのは嫌だ。

（ああ、ドリアンが食べたい！）

魔法を使ってでも、断食は阻止する所存である。

「そうよ。新人のくせに、嘗めるのもいい加減にしなさい！」

血の気が多くて手の早い一人が、正面から私をドンと突き飛ば……そうとしたが、できなかった。

彼女は私に触れた途端に叫び声を上げる。

「うあああああっ！　い、痛ああああっ！」

私はその場から一歩も動いていない。

「あら、懐かしい光景」

過保護なシャールが、私の皮膚をオリハルコン並みに硬くし、転ばない魔法と、ばれないように攻撃を反射する魔法をかけていたせいだろう。私に攻撃した者には、容赦のないしっぺ返しを食ってしまう。

（彼のかけた魔法の構造を確認するに……）

ばれないように攻撃を反射する魔法は、攻撃そのものを返すのではなく、攻撃を痛みに変えて相手に返す魔法のようだ。痛みはあるが、ダメージは受けない仕様らしい。

おそらく、シャールなりに「目立たない」を追求した結果だったのだろう。めちゃくちゃ目立っているが。

（あら、シャールってば、痛みを百倍にする魔法まで、追加でかけてあるわね。気づかなかったわ）

そのせいで、相手は私の体を押しただけなのに、かなりの痛みを受けてしまったらしい。痛みの効果はさほど長引かないよう、調整してあるみたいだけれど、それでも辛《つら》いことには変わりないと思う。

そして、周りから見れば、彼女が痛がっている理由がわからない。私を突き飛ばそうとした女性騎士が、一人で騒いでいるように見えるだろう。

「あなた。急に大きな声を出して、どうしたのよ。どこも怪我してないじゃない」

「ううっ、あいつが、あいつがあ……」

涙を浮かべながら私を指さし訴える仲間に、班長は事情がわからないなりに、「大丈夫よ。あとは私に任せて」と告げた。

心配しているというより、私への対処を優先しただけに見える。

「ちょっと、私の可愛《かわい》い後輩に何してくれるのよ？」

「何もしていないわ」

私は……だが。

「こんなに痛がっているのに、何もないわけがないじゃない！」

「私が押されただけなのは、あなたも見ていてわかるわよね？」

「口答えしないで！　それと、上司や先輩に向かってタメ口叩《たた》いてんじゃないわよ！」

そういえば、いつもの調子で話してしまっていた。

なにしろ、私は敬語と無縁な暮らしを送っていたのだ。男爵家にいた頃や、嫁いですぐの頃は、それなりに敬語で話していたが、記憶が戻ると同時に、そんなものは全部吹っ飛んでいった。

……が、次から気をつけようと思う。目立ってはいけないのだ。

「あんたには、特別に今から雑用をしてもらうわ。全員ぶんの服の洗濯と、ここの掃除と片付け、訓練場の草むしりと整備。今日中に全部終わらせなさい！　終わらなかったら、今日は宿舎の外で寝てもらうわよ！」

言いつけられたのは、物理的に無理な仕事量だった。魔法なしでは。

（魔法を使えば一瞬で終わるけれど、彼女たちは私に嫌がらせをしたいだけで、別に雑用をしてほしいわけじゃないのよね）

用事を済ませたら済ませたで、新たに文句を言ってきそうだ。

そして、次のターゲットが現れるまでは、それが騎士団生活でずっと続くのだろう。

（さっそく、目をつけられた弊害が出てきてしまったわ）

ティボーの言葉は、騎士団で暮らす上で、それなりに正しかったらしい。

（調査に支障が出るし、面倒ね。どうしたものかしら）

考えていると、取り巻きの騎士たちが、たくさんのバケツを持ってきて、その中身を私の目の前の床にぶちまけた。

生ゴミやら、土やら、汚物やらが廊下にびしゃっと散らばる。

（自分たちの生活スペースに汚物をぶちまけるなんて、なかなかすごい感性を持っているわね）

取り巻きたちは、驚く私を眺めてクスクス笑っていた。

本当に、記憶が戻る前のラムが見ていたような懐かしい光景である。

「ほら、早く掃除しなさいよ。あはは！」

「ちゃんと、ぜぇんぶ拭き取るのよ？」

楽しそうな取り巻きを横目に、班長は勝ち誇った笑みを浮かべながら、私がどう動くのか観察している。

汚物はあとで片付けるとして、まずは彼女たちをどうするか考えるべきだろう。

「この中で一番立場が上なのは、班長ですか？」

「そうよ。女性騎士の中では、私が一番権限を持っているわ」

「なるほど、それなら話は早いですね」

私は床にぶちまけられた汚れを避《よ》けて班長に歩み寄ると、ぽんと勢いよく彼女の肩に手を置いた。

途端に、彼女は盛大に顔を歪《ゆが》める。シャールの魔法は触れた相手の悪意に反応して発動するようなのだ。

「いっ……痛……っ！」

「あれ、どうしたんですか、班長？　どこか具合がお悪いのかしら？」

心配するフリをしながら、ポンポンと彼女の腕や手に触れていく。ちゃんと敬語も使った。

「あがっ、ぎゃっ！　うわあああああああああっ！」

ついに耐えきれず、班長は叫び声を上げ、よろめきながら床にへたり込んでしまう。

「あ、班長、そこは……」

彼女が膝をついたのは、ちょうど取り巻きたちが、バケツでいろいろぶちまけた場所だった。再び班長の叫び声が上がる。

「きぃやぁぁぁぁぁっ！　なんなのよっ！」

「あらまあ、大変ですねえ？　班長の服が汚れてしまいました」

「こ、このっ！　お前、私に何かしただろ！　お前が触れた箇所が痛んだんだ！　魔力持ちみたいで、気持ちの悪い奴め！」

もはや素が出た状態で班長は私を怒鳴り、睨みつける。ティボーの言っていたとおり、アンシュ王国内で魔力持ちは差別対象のようだった。

「やはり体調が優れないのではありませんか？　ここは私が片付けておきますので、班長は部屋に戻られたほうがいいと思います。さっきから怒鳴ってばかりだし、ストレスのせいじゃないかしら」

「この女ぁ……！」

目をつり上げた班長は、今にも飛びかかってきそうな雰囲気だ。

しかし、私が触れた途端に痛みが走ったのを思い出したのか、そのまま何も言わずにきびすを返す。

残りの取り巻きも、私に「きちんと掃除しなさいよ！」と言い置いて、金魚の糞《ふん》のごとく、班長についていった。

「さてと、ここの汚物は魔法で班長の部屋に飛ばして、訓練場の草も引っこ抜いて班長の部屋に飛ばしておきましょう。洗濯物も洗浄の魔法をかけて班長の部屋に……また汚れちゃうかもしれないけど、まあいいわ」

見たところ、ここの集団の連帯は表面上のものだ。

個々人同士が親しいわけではなく、わかりやすく権威にすり寄っているだけ。だから、一番権限を持っている人間の暴走を止めれば、残りは自然と大人しくなる。

(その場にいるトップの心を折って、自分への攻撃意志をなくさせる方法だ……って、前世でエペが言っていたわね)

このやり方は昔、王宮魔法使いとして城へ上がる際に、心配した一番弟子が教えてくれた。まさか、今世の騎士団で役に立つとは思わなかったけれど。

私には思いつかないやり方なので、エペに感謝しなければならない。

「さてと、お腹《なか》が空《す》いたわね。探知魔法で食事を探して……あ、食堂内に人数分用意されているわ。四つ転移させて、新人の子たちと一緒に食べましょう」

精神的にも肉体的にも疲れているだろうに、食事抜きだなんて気の毒すぎる。

私は足取りも軽く、魔法で取り寄せた食事を浮かせながら、同じく探知魔法で探し当てた、三人の気配がある倉庫へ向かう。

残念ながら、この日の食事の中には、ドリアンは入っていなかった。

※

ラムと別れたあと、シャールたちは男性騎士のフロアを駆け足で移動していた。

歩いていたら、騎士たちに「移動時は走れ」と怒鳴られてしまったのだ。

ここは、メルキュール家とはまた違う、意味のない不思議なルールが多い。

今は与えられた部屋に向かっている最中である。他人に見えていないティボーは、周りの話を収集しがてら、のんびり後ろをついてくる。各階には暮らしに必要な備品を収める倉庫もあった。

女性騎士が三階で、男性騎士は二階、一階には食堂や武器庫や救護室、談話室や会議室や小さな礼拝堂などの共用設備がある。

偶然にしても学舎とよく似た造りで、シャールはこの場所が好きになれそうにないと感じた。場所だけでなく人間もだ。

嫌でも過去を彷彿《ほうふつ》とさせる。

(こんな中で一人になって、本当にラムは大丈夫だろうか)

わかっている。彼女はそんなことで動じたりしない。

誰よりも強く、他人に頼らずとも生きていける最強の魔女だ。だが……。

「奥様、ちょっと寂しそうでしたよね～」

「うんうん、口では強がっているけど、案外一人が嫌いな人だよね」

そんな話を聞くと、ますます彼女のもとへ行きたくなってしまう。

「いわゆる、ツンデレというやつですね～」

「そうそう、素直になればいいのにさ。でも、シャール様は、案外、そんなところも可愛いとか思っていそう」

双子の指摘どおりだったので、シャールは不機嫌な態度で言い返した。

「……余計なお世話だ」

話していると、上階から女の悲鳴が聞こえてくる。大きく響くその声は、「痛い」としきりに訴えていた。

(ラムにかけた魔法に、反応がある……)

ということは、誰かが彼女に手を上げたということだろう。

そうして、魔法によって、痛みをはじき返されたのだ。

「まさか、もうラムに手を上げる輩《やから》が出るとは。痛みを返す魔法を、百倍にしておいてよかった」

呟くシャールに向かって、双子が「愛ですね」と、キラキラした目を向けてきた。

この二人は、ラムのこととなると、すぐシャールを茶化しにくる。

「さてと、ティボーの計画も空しく……早くも奥様のほうは、大騒ぎになってしまいましたね」

「女性のフロアも問題がありそうだね。シャール様の過保護が役に立ってなによりだ」

双子が面白がっている後ろでは、ティボーが「初日から、目立ちまくりじゃないですかあっ」と、頭を抱えていた。

「向こうが攻撃を仕掛けてこなければ、起こらなかったことだ。私が魔法でラムの身を守っただけに過ぎない」

思い返せば、自分がここまで妻のことを心配する日が来るなど、一年ほど前までは思ってもみなかった。忙しさで心を亡くし、妻に興味も持たず、メルキュール家内の常識に、身も心も染まっていたからだ。

そもそも、他人を気にかける余裕などなく、そこに思考が至らなかった。

今思えば、なんと幼く、心の狭い人間だったのか。そんな男、ラムでなくとも離婚を切り出したくなるだろう。

ここの騎士たちを見ているると、過去の自分を目にしているようで、いたたまれない気持ちになる。

もし妻になる女性がラムでなければ、自分は今もあの頃のままだったに違いない。

ラムは自分自身の行動によってメルキュール家を改善し、シャールたちを雁字《がんじ》搦《がら》めの世界から解き放ってくれた。たった一人で、成し遂げてしまったのだ。

そうしてシャールに、自分の成すべきことを見せてくれた。

(私は、まだまだラムに及ばない)

魔法でも精神面でも、きっと追いつけていない。

メルキュール家という檻《おり》から完全に脱却できているのか、今でも不安になることがある。

だが、ラムはシャールを最後には夫として受け入れてくれた。

(そんな彼女に返せるものがあるのだろうか)

力を貸せる部分での協力は惜しまないが、これまで受けてきた恩には遥《はる》かに及ばない。

最強だから、常に他人を庇護《ひご》することばかり考える孤独な魔女。

彼女の支えとなれる人間であり続けたい。

ずっと憧れだった存在は今、並び立つべき目標になった。

自分だけでもラムと同じ目線で物事を見られるようになったら、彼女と同じ場所へ行けたなら。

別次元の強さを持つ孤独な魔女は一人にならずに済む。

(庇護されるだけの立場なんて、もうたくさんだ)

幸い、到着した部屋は双子と隣り合う位置だった。

「部屋に着いたあとは、食事だったか？　それまでにラムの様子を見てこよう」

「他の騎士に見つからないように気をつけてくださいね。不純異性交遊だとか言われちゃいますよ～」

不純も何も、夫婦なのに。

周りを確認し、双子以外に誰もいないのを確認したシャールは、さっさと転移してラムのもとへ向かった。


結論から言うと、ラムは無事だった。

ケロッとした顔で倉庫の床に座り、仲間の新人たちと、どこからか取り寄せた食事を取っていた。

たぶん、食堂から勝手に持ち出したのだろう。

「シャールも食べる？　なかなかいけるわよ」

「……いや、いい。それより先ほど何かあったのか？」

「ちょっとね。面倒な女性の先輩に絡まれたけど大丈夫。目立つようなことはやっていないわ」

「倉庫の外から、今も悲鳴が聞こえてくるようだが」

言われて耳を澄ませると、どこかから班長の悲鳴が響いている。

「そうねえ、部屋の天井から雑草でも降ってきたんじゃない？」

シャールの魔法の他に、ラム自身も何かやらかしているようだ。だが……。

「お前が無事ならそれでいい。調査も、いざとなれば強硬手段に出ればいいだけだしな」

どこにいてもラムはラムだ。

自分が心配する必要などないと思い知らされる。最初からわかっていたことだ。

それでもシャールは彼女と対等になりたいという、傲慢とも言える願いを抱かずにはいられない。

※

やけにだだっ広い倉庫の中、私は新人仲間たちと一緒に食事していた。

まず、魔法で食堂から失敬した食事を、倉庫の入口まで運んだ。そこからは手で持って中へ入ったので、皆には魔法を使ったとばれていない。

少し一緒にいただけだが、新人女性騎士たちとは仲良く話せる間柄になった。

私の他に新人は三人いる。その中のアンという名の平民の少女と、私は特に仲良くなることができた。

アンは赤い髪を三つ編みにした素朴で素直そうな女の子だ。アウローラの昔の名前と同じ名前だったので、ちょっと親近感が湧く。

アウローラの故郷の村では、長女の多くが「アン」という名をつけられていた。

この辺りでもまた、長女にアンと名付ける習慣があるのかもしれない。

「そういえば、あなたたちはどうして、騎士団に入ったの？」

「家の都合でお金が必要で」

アンがそう言うと、残りの二人も「私も」と頷いた。

「騎士団は、アンシュ王国内で女性の働ける仕事の中では、給料の高い職場だから」

「私もそうよ。男性に比べると、女性のもらえるお金は半分くらいだけど、それでも他よりは多いから」

二人の発言に、アンも同意を示す。

「うんうん。業務内容が違うから、男性と収入が違っても、仕方がない部分もあるのよね。入団試験の雰囲気だと、女性騎士の仕事は男性騎士とは違うみたいだし」

それに関しては皆、当たり前のように受け止めている。

（たしかに、実戦に出る人と応援する人とでは、給料が違っていて仕方がないかも。危険手当や、夜勤手当など、加算される部分もあるだろうし）

かつての私は王宮所属の魔法使いとして働いていたので、なんとなく理解できるところがある。

ただ、女性騎士の職務内容に関しては、まだまだ謎が多いのが現状だった。

（まさか、男性の応援だけが仕事ではないわよね？）

明日からずっと監視付きの応援をさせられるなんて、耐えられそうにない。

考えにふけっていると、隣にいたアンが急に目を輝かせ始めた。

「それより、ラム。さっき来たイケメンは誰!? あなた、とても心配されていたじゃない」

「あの人が原因で先輩たちに絡まれたんだよね？ ねえ、彼氏なの？ いつの間に仲良くなったの？」

「いいなぁ。危険をかいくぐって、この倉庫まで会いに来てくれたのよね？ ロマンチックだわ。私もイケメンの恋人が欲しくなっちゃう！」

私以外にも人がいたので、シャールも自身の魔法を誤魔化している。

倉庫の手前に転移して中へ入り、帰りも倉庫を出てから転移してくれた。だから、彼女たちは、シャールの魔法に気づいていない。

「シャールは私の夫……いいえ、皆の言うとおり、こ、恋人よ」

言っていて、恥ずかしくなってくる。この場に本人がいなくてよかった。

答えると、新人騎士たちは頬を染めて「キャー」と喜び始める。

（恋バナが好きなのかしら。うちのミーヌを見ているようだわ）

彼女も恋愛に関する話が好きなようで、よくその手の話を私に振ってくるのだ。

人選ミスとしか言いようがないけれど、メルキュール家の中では他に選択肢がないのだろう。

「それで、それで？ 彼との馴れ初《なそ》めは!?」

一人が身を乗り出して尋ねてくる。

「ええと……」

政略結婚で、後妻として金銭と引き換えに……とはさすがに言えず、私は頭を悩ませる。

幸いなことに、アンが話を逸らせてくれた。

「でも、先輩たちに目をつけられてしまったのは、考えものよね。ラム、さっきは大丈夫だった？

助けてあげられなくて、ごめんなさい」

「平気よ。どうってことないわ」

この三人は先に倉庫へ移動したため、あの悲惨な状況を目にしていないのだ。

「まったく、彼氏がいるだけで目の敵《かたき》にするなんて酷い話よ。きっと嫉妬からだわ。あんなに意地悪だったら、恋人なんてできないでしょうからね～」

アンと他の二人は揃って、きゅっと顔を顰《しか》めて見せる。

こういう風に同年代の女性と集まって話すのは新鮮で、なんだか楽しい。

前世では師匠や弟子との交流が中心で、同性の友達と親しくなるきっかけがなかった。

そして今世では孤立していたので、友人どころではなかったのだ。

（なんか、いいわね。こういうの）

少なくとも、ここにいる間は、彼女たちが騎士団で酷い目に遭わないよう、目を光らせようと想《おも》う私だった。

食べ終わった食事を運んでいくと告げて、一度一人で廊下に出る。廊下の向こうでは先輩の女性騎士たちがまだ騒いでいるようだった。

（掃除係の人が気の毒だから、あとで片付けてあげましょう）

そう考えながら、魔法で廊下にある食器を綺麗《きれい》にして厨房《ちゅうぼう》へ飛ばす。

倉庫へ戻ろうとすると、階下から取り巻きを連れた団長のガハリエが上がってくるのが小さく見えた。

（あら、団長が女性の階になんの用かしら？）

ここは廊下を進んだ先に位置するが、階段の様子が見えないわけではない。急いで倉庫の中に戻り、扉を少しだけ開けて様子を見る。

中にいた皆が「何？　どうしたの？」と、興味津々な様子で首を伸ばした。

「団長が階段を上ってきたの。先輩たちの部屋へ向かっているわ」

面倒なことになったら困るので、私はひとまず班長の部屋に飛ばしたあれやこれやを魔法で庭へ移動させた。

「おい、誰かいないのか」

轟《とどろ》くような声を上げる団長。すると、奥から班長が返事する声が聞こえた。

ぱたぱたと廊下を走ってくる。

「だ、団長。お待たせしてすみません」

偉そうにしている班長だが、団長の前ではそうもいかないようだ。へこへこと頭を下げていた。

「ここからじゃ見えないわねえ。近づいてみましょうか」

「ちょっとラム、危ないって」

倉庫を出た私はすたすたと廊下を進んでいく。心配してくれたのか、三人もついてきた。見つかったら可哀想なので、幻影魔法で皆の姿を見えなくしておく。

「あ、いたわ。団長と班長」

廊下の曲がり角の先で、二人は向き合って話をしていた。彼らの後ろには、それぞれの取り巻きたちが立っている。

「そういうわけだから、食事のあとに新人歓迎会をするぞ！」

「ええ、わかりました。ですが、新人女性騎士は罰で謹慎中なんです」

「なんだそれは。若い女がいないとつまらないじゃないか、いいから全員連れてこい」

「え……？　は、はい……」

班長は小さくなって頷いた。

そんな二人の話を聞いた私たち四人は、それぞれ顔を見合わせる。

「新人歓迎会だって。私たちって、一応歓迎されていたのね……」

不思議そうに呟くアンの言葉に、皆も同意する。

「でも、あの団長の言いよう、若い女が目当てって感じがしたわ。なんだか嫌な予感がする」

「私も……」

新人女性騎士たちは全員、不安そうな表情になっていた。

「大丈夫。何かあれば、私が皆を助けるわ」

「ラムってば、ますます先輩に目をつけられちゃうわよ。無理しなくていいから」

アンが言うと、残りの二人も「そのとおりよ」と答えて笑った。

全員で倉庫に戻ってしばらくすると、班長が呼びに来て、全員で食堂へ向かうことになった。怒られたあとということもあり、私たち新人は全員しおらしい表情を浮かべる。

たまに互いに目が合って、笑いそうになるけれど。

(なんか、いいな……こういうの)

彼女たちとのふれあいには、今まで体験することがなかった楽しさがある。

そんなこんなで、私たちは一階にある広い食堂まで連れてこられた。

食堂には王国騎士団のメンバーがほぼ全員集まっているようだ。古びたテーブルには大量の酒瓶とつまみも並べられている。

騎士たちが用意してくれたわけではなく、騎士団宿舎の食堂には専門の使用人がいて、彼らが用意しているみたいだった。

(ものすごい数の人だわ。王国騎士団員ってこんなにいたのね)

女性騎士と比べると、男性騎士が圧倒的に多い。

がたいのいい集団を前に、アンたちの表情が強《こわ》ばった。素直に怖いのだろう。

自分より大きくて力の強い男性の群れは、力の弱い新人女性騎士にとって恐怖でしかない。しかも、全員凶暴で粗野な雰囲気がある。

中には貴族も交じっているだろうが、あまり見分けはつかなかった。

(シャールたちは……あ、いたわ)

集団の隅に新人男性騎士たちの姿があった。上手に場の空気に溶け込めている。

ティボーの姿も透明ではなく、元に戻っていた。

「あの人、百周走らされていた人じゃない？　大丈夫だったのかしら」

アンが心配そうに彼のほうを見ている。

「たしか、試合でも一度も勝てていなかったわよね。心が折れていないといいけれど」

残りの二人も心配そうな目を彼に向けた。

すると、後ろにいた班長から鋭い声が飛ぶ。

「あなたたち、何を喋っているの！　さっさと配置につきなさい！」

彼女は後ろに二人取り巻きを従え、声高に命令してきた。

「は、配置とは？」

「こっちよ、団長のご指名なんだから、ありがたく受けなさい」

戸惑っていると、皆で団長のガハリエを囲むよう、同じテーブルに座れと指示を出された。

(新人女性騎士が団長一人を囲むって……変な並びだわ)

追いやられるように、アンたちとそちらへ向かう。

班長と二人の取り巻きたちも後ろからついてきた。そうして、それぞれ私たちの背後に用意された席に座る。まるで私たちを監視するような位置だ。

(何故《なぜ》、背後？　普通にテーブルの前に座らないの？)

入団試験の応援に続き、歓迎会でも監視されるなんてげんなりする。

他の先輩女性騎士たちは、それぞれのテーブルで、男性たちの中に一人ずつ座っていた。

（なんなの？　この並び……）

驚く私たちに向かって、班長が厳しい声を上げる。

「こら、新人！　さっさと男性騎士たちにお酌しなさい！　乾杯が始まるでしょ！」

「えっ……!?　はい！」

飛び上がるように、隣に座っていたアンが、近くの酒瓶を手に取って、団長のグラスに注ぎ入れた。中身は赤ワインのようだ。

私たちも見よう見まねで、先輩や近くの男性騎士のグラスに酒を注《つ》いで席へ戻る。

（新人の仕事だから仕方ないわね。でも、男性騎士は全員寛《くつろ》いでいるけどいいのかしら？）

遠目に観察すると、酒を注いで回っているのは女性騎士ばかりだった。先輩の女性騎士は仕事をしているが、新人の男性騎士は何もしていない。

ようやく全員に酒を注ぎ終えると、アンが、戸惑いがちに班長に向かって声を上げた。

「あの、実は私お酒が飲めなくて……乾杯用の飲み物を水に替えてきていいですか？」

すると、班長は見るからにアンを小馬鹿にしたような、大げさな態度で笑い始める。

「ええっ、お酒飲めないのぉ？　何それ可愛いアピール？　今どき、そういうの流行《はや》らないわよ～？」

「い、いいえ。そのようなつもりはないんです。本当に酔って気分が悪くなってしまうんです」

「新人のくせに贅沢《ぜいたく》言ってんじゃないわよ！　せっかく酒があるんだから、感謝して酒を飲めばいいじゃない！　あんたたちのために、わざわざこちらで用意してあげたのよ？」

「……はい」

何も言えなくなったアンは、見るからにしょんぼりしてしまった。

「贅沢で言っているわけじゃないのに」

世の中には酒の成分を分解できない体質の人がいる。アンはそれだろう。

そういった人は、酒を飲むと体調に害を来《きた》してしまうのだ。最悪、倒れて医師のもとへ運ばなければならなくなる恐れもある。

私は小声でアンに話しかける。

「中身をブドウジュースに取り替えてあげる。このことは皆には内緒ね？」

「そんな、どうやって？」

「私ね、実は魔力持ちなの」

アンはハッと目を見張る。

先ほど食器を返す際に、厨房の様子も魔法で観察した。食品保存庫の中には数種類のジュースも置かれてあり、その中にはブドウジュースもたくさんあった。

(アンのワインの中身を一旦瓶へ戻し、厨房のブドウジュースをアンのグラスへ)

皆に見えないよう、アンのグラスを隠しながら、私は素早く魔法で体裁を整える。

ワインとブドウジュースは同じ色なので、ばれにくいだろう。

隣を見ると、アンは啞然《あぜん》とした表情で自分のグラスを見つめていた。

（あ……この国は敬虔なモーター教徒が多いから、魔法に拒否感があるんだわ）

人助けだと思って魔法を使ったが、逆効果だっただろうか。私は心配になった。

せっかく仲良くなれたのに、「魔力持ちだから」という理由で嫌われるのは悲しい。

しかし、アンは私を見て「ありがとう」と小さく微笑んでくれた。

「……嫌じゃなかった？」

「ええ。ラムが魔力持ちだったなんて驚いたけど、助けてもらっておいて嫌も何もないわ。私も使えるようになりたいくらいよ」

他の人に聞こえないよう、小声で会話する。

「あなたも使えるわよ」

「でも、私には魔力がないの」

「あるわよ、洗礼のときに封じられているだけで。そろそろ歓迎会が始まりそうだから、詳しいことはまた今度話すわね」

仲良く話している私は忘れていて気が付かなかった。背後で班長が耳をそばだてて、私たちの会話をしっかり聞いていたことに。

しばらくして、団長のガハリエが立ち上がり、大きな声をさらに張り上げてグラスを掲げた。

「今回は十四名も新人が入った！　それを祝して今夜は飲み明かすぞ！」

「うおぉぉぉーーーー！」

「乾杯ーーーーっ！」

呼応するように各所で猛々《たけだけ》しく野太い雄叫《おたけ》びが上がる。

シャールの座る方向を見ると、とても嫌そうな顔をしていた。彼は騒がしい場所が苦手なのだ。

そうして、ワインを少し口に含み、さらに渋い顔になった。不味《まず》いらしい。

(……いつも、いいお酒を飲んでいるものね)

シャールは一応、伯爵家の当主なのだ。

メルキュール家は特殊な場所だが、普段の食事はきちんとしている。

騎士団の宴《うたげ》で大量に用意されているのは、とりあえず酔えればいいという感じの……明らかな安酒だった。フエやバルなんて口すらつけていない。贅沢者め。

(あ、団長のお酒だけ、銘柄が違う)

よく見ると、ガハリエは自分だけ、当たり前のように高そうなワインを飲んでいた。

(ずるくない?)

私はガハリエを横目で見ながら、アンと同じく、ワインをブドウジュースに変えたものを飲み干す。こちらは甘すぎず飲みやすいジュースだった。

乾杯が終わって一段落すると、またしても団長が声を上げる。

「これから新人は自己紹介と、一人一瓶！　酒を一気飲みして、騎士団へ入る覚悟のほどを示してもらうぞ！」

「うおぉぉぉーーーー！」

何がどう繋がって、そんな発言になるのやら。騎士の仕事内容と酒の一気飲みは、一切関係ないだろうに。

五百年前、国によっては酒の相手をする、形ばかりの近衛騎士《このえきし》もいたが、現在のアンシュ王国の王国騎士団においては、酒に関する業務はないと事前情報で聞いている。

女性騎士の仕事内容は不明点が多いが、少なくとも男性騎士の場合はそうだ。

ひとまず難を逃れたアンも、二度目の飲酒の危機を前に青い顔になっていた。

「大丈夫、新人のお酒の中身は、私が全部ブドウジュースにすり替えておいてあげるから。お酒が好きな子には悪いけれど……」

たとえ、酒が大好きで耐性があっても、大量に一気飲みするのは体によくない。

新人たちが順に自己紹介していく。職場環境が悪いからか、新人は平民ばかりだ。

階級が上の人々は、こんな騎士団ではなく、もっと割のいい仕事に就くのだろう。

(ティボーも、貴族子弟の最後の受け皿だって言っていたし)

自己紹介をした新人たちは、覚悟を決めた険しい顔つきで大きな瓶を持ち、中身を喉に流し込んでいく。

そうして、しばらくすると、もれなく全員「あれ?」という顔になった。瓶の中身がジュースに変わっているからだ。

見ていると、ティボーたちの順番がやって来た。

「ティ、ティボー、ですっ。実家は農家ですっ! が、がんばりますっ……」

緊張のあまり、声がうわずっている。

「ぎゃはは、いいぞー！　ほら、一気飲みだ！」

「うう……」

嫌々ながら一気飲みをするティボー。

しかし、中身を飲み干した彼は、グラスを見て不思議そうな顔つきになった。

「あ、あれ、これ……」

近くにいたシャールがグラスの中身の変化に気づいたようで、ティボーが何か言い出さないうちに素早く自己紹介を始める。

「シャールだ。猟師だ」

設定は各自決めることになっていたが、たしかに、彼はある意味そんな感じの仕事をしていた。

相手は魔獣だが。

「フエです。ええと、猟師です」

「バルです。僕も猟師」

猟師率が高すぎて怪しい。

（せめて、漁師とか、他の職種に変えられなかったの？）

おそらく双子は、考えるのが面倒になったのだろう。そんな感じがする。

彼らもジュースを飲んで不思議そうな表情になり、一斉に私に視線を向けた。

（そうよね、気づくわよね）

私はコクコクと首を縦に振って、魔法を肯定する。

最後に、入団試験でトップだったという新人が挨拶する。赤紫色の髪を肩の上で切りそろえた細身の青年だ。

「ウェスです。木こりです」

彼もまた、ブドウジュースを一気飲みして不思議そうな表情になり、キョロキョロとあたりを見回していた。

「おおっ、さすが入団試験で一番だった奴だな！　豪快な飲みっぷりだ！」

誰かが手を叩いて囃《はや》し立てた。

「だがな、いい気になるなよ！　新人が王国騎士団でのし上がろうなんて、百年早い！　お前は酒を二本飲め！　これも愛の鞭《むち》だ、わははは！」

別の誰かが茶々を入れる。

「えっ、そんな……」

当然だが、ウェスは戸惑って反論しようとした。しかし、ガハリエが先手を打つ。

「なーにぐちゃぐちゃ言ってんだ！　飲み足りないんだろ！　もっと飲め！」

何が楽しいのか、全員が寄ってたかって新人の一気飲みを囃し立てて喜んでいる。本人たちは盛り上げているつもりなのだろう。

（ティボーが、ほどほどにいい成績で試験を突破するよう言っていたのは、こういう意味だったのね）

私は今になって納得する。

仕方なく二本目のジュースを飲み終えたウェスだが、ガハリエは彼にさらに酒……もといジュースを飲ませようとしていた。

三本目を回された彼は、険しい顔でジュースを飲み続けている。

可哀想に。試験を一位で通過したウェスは、結局、ブドウジュースを三本も飲まされる羽目になった。

「次は女共だな」

団長がそう告げると、周りで下品なヤジが飛び、ピューッと口笛が鳴った。アンたちの顔が嫌悪感と緊張から引きつる。

(仕方がないわね)

私が最初に出たほうがよさそうだ。

「ラムです、家は農家です！」

嘘《うそ》ではない。アウローラの実家は林檎《りんご》農家だった。

「うひょー、初々しいねえ！　いいぞぉ～！」

「こっち来て膝に座ってよぉ……って、これ、セクハラになっちまうのか？　わっはっは！」

「ヤッホー！　ラムチャン。オジサン、このあと二人でデートしたいナ。ナンチャッテ！」

男性騎士が勝手に盛り上がっている。既にかなり酒に酔っているようだ。

「ねえねえ、ラムちゃーん！　俺いくつに見える？」

「ええと……？」

どうして年齢を聞かれるのかわからず、思ったままを正直に答えた。

「五十歳」

「ちょっとぉ、まだ四十八だっつの！　空気読めよぉ。そこは嘘でも三十歳に見えますとか言う場面だろ～!?　女は男を立ててなんぼなんだよ！　これだから、最近の新人は駄目なんだよ～」

何故か私に年齢を聞いてきた騎士が不機嫌になった。ますます意味がわからない。

(質問に答えただけなのに怒られちゃったわ。年齢なんて聞いて、何がしたかったのかしら？)

明らかにそうは見えないのに、お世辞で三十歳と言われて、彼は本気で嬉しいのだろうか。

私は納得がいかないまま席に着いた。五百年後の文化が難しいのか、アンシュ王国の文化が難解なのか、この騎士団だけ変なのか……。

新人が自己紹介をしている間、女性騎士はお酌したり、つまみを取り分けたりしていた。

よく見ると、彼女たちはまともに飲食していない。

私が先に自己紹介したことで、残りの皆も覚悟を決めて順番に名乗り始める。男性騎士の年齢を聞かれずに済んだからか、三人は明らかにほっとしていた。

全員の自己紹介が終わると、ガハリエが立ち上がる。

「よーし、今日は新人共を酔い潰すぞおっ！　もう一周一気飲みだあ！　あとで一発芸もしてもらうぞぉ！」

懲りずにまだやるらしい。しかも急に一発芸をしろと無茶振りしてくる。

「もし飲めない奴がいたら、連帯責任で全員もう一周、一気飲みさせるからなぁっ！」

ガハリエは何故か一気飲みが好きなようだ。先ほどからそればかりである。

しかも連帯責任という言葉まで持ち出してきた。

(連帯責任って、好きな言葉ではないわね)

一見、仲間内の士気を高めるような言葉に見せかけていても、現実はそうではない。

自分が嫌われないよう、一番要領が悪かったり、弱かったりする誰かに責任をなすりつけ、皆の矛先を向けるように仕組む、卑怯なすり替えの言葉だ。

そういうわけで、私たちは結局、もう一周、ブドウジュースを飲む羽目になった。

(中身がブドウジュースだから、新人は誰も酔っていないけれど……お腹が水分でたぷたぷしているわ)

新人たちを酒の肴《さかな》にし、本物の酒を飲んでいた先輩騎士たちは、今や完全に酔いが回っている。

我を忘れたように騒ぎ、各テーブルを徘徊《はいかい》しては女性騎士に絡んでいる。

終わった頃には皆、ぐでぐでになっていて、一発芸のことは頭から抜けてしまったようだった。

各自で歌を歌ったりして盛り上がっている。

団長も酔っ払って周りにウザ絡みしていた。

「おう、俺が騎士団に入団したときはなあ！　もっと大変だったんだ！　今の奴らはぬるすぎる！聞いてんのか？」

それを班長たち女性騎士が、作り笑いで褒めそやしていた。私に掃除を命じていたときとは、全然違う態度だ。

そうして彼女たちは、私たちにも、同じように団長たちを持ち上げろと促してくる。

（……わからないわね。どうして、自分たちの扱われ方に疑問を抱かないのかしら？）

彼女たちは立派な騎士になることより、団長や男性騎士たちに、気に入られることを重要視している気がする。私はそのことが不思議だった。

（目的はモーター教の残党に関する調査だけだったけれど、私がいる間に少しでも、ここの環境をよくして帰りたいわね）

用が済んで私が去ったあとも、アンたちはここに残り続けなければならないのだから。

しばらくすると、酔った男性騎士たちが服を脱いで踊り始めた。団長まで一緒になっている。女性騎士たちは、皆そちらを見ないよう目を伏せていた。

シャールたちは珍妙な魔獣を見るような目で、酔った騎士たちを眺めている。今まで見たことのない光景なのだろう。

呆気《あっけ》にとられていると、近くでアンの悲鳴が聞こえた。

「きゃあっ！　やめてください！」

見ると、彼女が酔った騎士の一人に絡まれていた。

「いいじゃねえかよ、ちょっとくらい触ったって。あっちで二人きりで遊ぼうぜ」

「こ、困りますっ！」

近くにいたティボーがアンを助けたそうに立ち上がっているが、騎士に怯えてしまって口を出せずにおろおろしている。

（仕方ないわね）

近くにいた私は、アンと騎士の間に割って入った。

「ちょっと、この子が困っているでしょ。しつこい人は嫌われるわよ。酔いを覚ましてから出直してきなさい」

「なんだ、お前は。引っ込んでろ！　俺はその子に用があるんだ！」

「引っ込むのはあなたよ」

私は相手を眠らせる魔法を騎士にかける。すると、彼はすぐその場に膝をついて、うつ伏せに眠り込んでしまった。

「あら、この人、気絶するほどお酒を飲んでいたのね……アン、大丈夫？」

「ありがとう、ラム。怖かった」

こちらに気づいた仲間の新人女性騎士たちもやって来て、震えるアンを気遣う。

（本当に困った騎士たちねえ。皆、いい大人なのに、自分で自分の制御もできないなんて）

服を脱いで踊っていた一団も疲れたのか、半数は壁にもたれて居眠りを始めている。

（そろそろ私たちも帰っていいんじゃないかしら。このままだと明日に響くかも……）

既に日付は変わっており、騎士の半数以上は床にひっくり返っていびきをかいている。

騎士たちを眺めていると、ふと後ろに気配を感じた。

「ヒック、そろそろ、お開きにするかぁ～……ヒック　お前らぁ、解散らぁ～」

団長だった。もうろれつが回っていない。

酒臭い息を吐きながら、彼はやに下がった表情で私の肩に手を伸ばそうとする。

「お前はぁ～、俺のぉ部屋へ来い。新人のぉ～、なんたるかを教えてやる～、ヒック」

「いらないわ」

「うるひゃい、新人が口答えするな～、ヒック。団長命令だぁ～。俺が可愛がってやるって言ってんらぞぉ～」

彼は尚《なお》もしつこく私を連れていこうと粘る。

（そんな風に言われて、こっちが喜ぶとでも思っているのかしら？）

班長たちが彼をいちいち持ち上げているせいで、団長は何か勘違いをしてしまっているのかもしれない。

しかし、私に触れそうになっていた彼の手が、一瞬ののちにピシャリと叩《はた》き落とされた。

団長の後ろに、無表情のシャールが立っている。

「汚い手でラムに触れるな。下衆《げす》が」

「ああん？　お前、新人のくせに何様のつもりらぁっ！」

怒った団長が振り上げた手を、シャールが簡単にひねり上げる。

「うがああっ！　痛ぃ、痛いっ！」

「……この程度の男が騎士団長とはな。本当に、この国の人事はどうなっている」

「お、お前らぁっ！　見ていないで、俺を助けろぉ……」

シャールの後ろに双子とティボーもやって来た。

ティボーはハラハラした様子でシャールと団長の様子を窺《うかが》っている。

「シャールさん、大きな問題を起こしちゃ駄目です。穏便に過ごせなくなります……！」

「うるさい。お前はラムに、黙ってあの男の部屋に連れ込まれろと言いたいのか？」

「そ、そういうわけでは……」

酔っていない騎士たちが、何ごとかとざわめき始めた。面倒なので全員魔法で眠ってもらう。

「ラムさん。ちょ……そんな大がかりな魔法を使って……」

「大丈夫、皆、夢だと思うわよ」

「いやいやいや、同じ光景を目にしていますから、夢は無理がありますって」

「そう言われても、全員ぶんの記憶を弄《いじ》るのは面倒なのよ。前にも話したでしょ？　悪人が赤ちゃん返りしちゃったって」

「あれって、冗談ではなかったんですかあっ!?」

起きているのは、私とメルキュール家のメンバー、そしてティボーと団長だけだ。

シャールは団長の手をひねり上げた。団長はさらに悲鳴を上げる。

「とりあえず、こいつは近くの森にでも飛ばすか。一晩経てば、多少は頭も冷えて落ち着くだろう」

「そうねえ、いいんじゃないかしら。今後が心配だから、団員に意地悪すると、そのたびに声が少しだけ高くなる魔法もかけておきましょう」

「ついでに、異性に不適切な行動を取るたびに、微妙に足が短くなる魔法もかけておこう」

「いいわね、それ。問題行動さえ取らなければ、変化のない魔法だし。目立たない控えめな魔法だわ。ティボーもこれなら文句はないでしょう」

ちなみに、行動の判定は魔法に組み込んである。私の魔法の場合は、立場の弱い者に向けて、理不尽で道理に合わない言葉を発したり、暴力沙汰を起こしたりした際に、発動するよう設定させてもらった。

シャールも同じ感じで、独自の設定を魔法に組み込んでいることだろう。

双子は興味深そうに私たちの様子を見て言った。

「ものすごく声が高くて足の短い騎士団長かぁ。怒鳴っても迫力が半減ですねえ」

「半分で済むのかなあ。どこまで外見が変化するか見物だね」

もはや、双子にとっては、ガハリエがパワハラやセクハラをすることが前提になっている。

ティボーはもう、穏便な調査を諦めたのか、静かに遠くの壁を見つめていた。

※

翌日はスッキリした気分で目が覚めた。

眠っている間に何かあれば困るので、新人女性騎士仲間は、全員食堂から空き部屋に避難させている。ちょうど、数人で泊まれる広めの部屋があったので助かった。

残りの女性騎士は、それぞれ自力で部屋へ帰ったと思われる。

「さてと、潜入捜査がちょっと難しくなっちゃったけど……まあ大丈夫よね」

シャールたちも自分の部屋へ戻っている。

ティボーはともかく、メルキュール家のメンバーは何かあっても自力で対処できるだろう。

「いい天気だわ」

窓を開けた私は、そこから飛び降り、朝の清々《すがすが》しい前庭にふんわり着地する。

すると、後ろから突然、知らない声に話しかけられた。

「おい、あんた。魔法使いだな」

びっくりして振り返ると、赤紫色の髪の新人騎士が、腕を組んで木陰に立っていた。

(見られた?)

騎士団宿舎の前は小さな広場になっており、ところどころに木々が植わっている。

影になっていて、彼がいることに気が付かなかった。

私は声を掛けてきた騎士を、まじまじと見つめる。

(入団試験がトップだった人よね? 名前はたしか……ウェスだっけ)

どう答えようかしばし考え、私は口を開いた。

「……なんのことかしら?」

「とぼけても無駄だよ。昨日俺に強制睡眠の魔法をかけただろう。あと、ワインをブドウジュースに変える魔法も」

ウェスは正確に私が使った魔法の種類を把握しているようだった。

魔法を使えない人間であれば、私が何をしたかに気づけない。ということは……。

「もしかして、あなたも魔法使いなの？　昨日は木こりって言っていたのに？」

「あんただって素性を偽ってたじゃん。お仲間たちも猟師じゃないよね？」

全部、見抜かれている。本当に魔法使いのようだ。

それも、この魔法の廃れた世界で、私の魔法を見破れるほどの能力の持ち主である。

「ええ、そうだけど……私に話しかけてきた目的は何？」

問いかけると、彼は小さく笑った。

何を言われるかわからないが、調査に差し障る内容ならちょっと困る。ただでさえ、昨日の一件で、穏便な調査が難しくなってしまった。

だが、ウェスの返事は意外なものだった。

「俺と手を組もうよ」

「へっ……？」

彼の言う意味がわからず聞き返す。

するとウェスは、迷うことなく自分の事情を私に教えた。

「昨日の様子を見るに、あんたは信用できそうだから話すけど。実は俺には気になっていることがあって、そのために騎士団に潜入しているんだ。だから、ここで無用な争いに巻き込まれたくない」

「潜入……？」

自分たちの他にも潜入者がいたなんて思ってもみなかった。

「昨日、あの眼鏡の男が騒いでいたけど、あんたらも穏便にここで過ごしたいんだよね」

「ええ、そうねえ」

騒ぎにするなと言う割に、ティボーもかなり目立っていたようだ。

「俺も、穏便に騎士団で過ごしたい。だから、しばらくの間、一緒に行動させてほしいんだ。用が済めば、俺は騎士団を出て大陸へ渡る予定だ。あんたたちも、ずっと騎士団にいるつもりじゃなさそうだけど……」

私は彼を見て頷いた。

「ええ、私たちも、ずっと騎士団にいるつもりはないの。調べ物のため、少しの間だけ騎士団に在籍する必要があるのよ」

「そっか。騎士団なら、城の内部に入れるからな」

「まあ、そんなところよ」

私は少しだけウェスを警戒したけれど、彼はあっけらかんと自分の事情を告げる。

「俺はさ、今、城に来ているモーター教の奴らの目的が知りたいんだ。どういう理由かわからないが、モーター教の司教や司祭が、どんどんアンシュ王国に集まってきているようだから。そして、できれば彼らには、この国を出て行ってもらいたい」

「あら、そうなの」

「あんたも魔力持ちならわかるだろ。ここが総本山のようになったら、居心地がさらに悪化しそうで困るんだよ」

「たしかに……」

モーター教は魔法使いを迫害する宗教なので、魔力持ちたちは嫌でも肩身の狭い生活を強いられる。

「俺は実家もこの国にあるし、周りの奴らは皆魔力持ちなんだ。年寄りばかりだから、なるべく引っ越しも避けたい。となると、モーター教を追い出すのが一番だろ？」

納得のいく理由ではある。

「そうねえ、モーター教自体は、もう解散してなくなっているのだけれど……」

「は……？　どういうことだ？」

ウェスは意表を突かれたように声を上げた。

「あなたもアンシュ王国の人だから、事情を知らないのね」

知らないなりに違和感を抱き、ここへ内情を調べに来たのかもしれない。

普通なら無理だけれど、彼も魔法を使えるみたいなので、単独での調査も可能だと考えたのだろう。潜入先があんな酷い有様だとは思わなかったかもしれないが。

「私は大陸のほうから来たのだけれど、モーター教は、もうこの世に存在していないのよ。それなのに、この国ではモーター教が未だ存続しているわ。余所《よそ》から司教や司祭が集まってきているのは、きっとそのせいだと思う」

「もしかして、それを調べに来たのか？」

「うん、そんなところよ。用が済めば、私たちはアンシュ王国から出るわ。あなたの調査を邪魔する気はないから、安心してちょうだいね……協力の件も、シャールたちと相談してみるわ」

ウェスは納得した様子で頷いた。

「でもさ、あんたらは何者なんだ？　この時代に、まさかあんな魔法を使う人間がいるなんて思わなかった」

「それはこちらも同じよ。あなたは、あの魔法を正確に私のものだと見抜いたわ。それに、今の時代に、昨日私が使ったような魔法は存在しないと知っている」

そんな知識がある人間は、限られていた。

さらに、ウェスは、私の魔法をどんな種類かまで正確に言い当てている。彼が何者か気になった。

「俺は、ちょっと特殊だからな……そろそろ、朝食の時間か」

言葉を濁されたのがわかった。

事情を隠したいのはお互い様なので、私も彼の話に乗る。

「遅れると、また騒ぎになるかしら」

「そうだね。ここの騎士団は変なルールが多い。面倒だから早めに行ったほうがいい」

私たちは互いに、いそいそと一旦部屋に戻ってから、何食わぬ顔で食堂へ向かった。

朝の食堂は、綺麗に整頓されていた。昨日、帰る寸前に、ある程度魔法で片付けていったからか、机も椅子も元通りに並んでいる。

朝食のメニューもきちんと用意されているようだ。食事は各自、前まで取りに行って、席に着く仕様なので、私たち新人女性騎士も、前で食事を受け取ってから隅っこのテーブル席に座る。

勝手に部屋を利用した上、勝手に席に座って食事しているが、班長たちは何も言ってこなかった。

(警戒されているかもね。手出しされないのは、ありがたいわ)

二日酔いの男性騎士たちは、全員気分が悪そうにしている。

概《おおむ》ね、予想どおりの風景だ。ただ、騎士団長のガハリエを除いては。

「え、ちょっと……あれ、団長よね？」

私の横でアンが戸惑いの声を上げた。彼女の目は、食堂へ入ってきたガハリエに釘付《くぎづ》けだ。

「なんだか、いつもと雰囲気が違うような……足、短くなってない？」

「ええ、身長が縮んでいるわ」

他の二人も訝《いぶか》しげな表情で、彼の座った先の、中央のテーブル席を見つめている。

早くも、シャールのかけた魔法の効き目が現れているようだった。

(さっそく、セクハラしたのかしら？)

昨日の今日だというのに、困った人だ。

そんな団長はというと、大きな声で本日の予定を告げ始める。

「今日も、いつもどおりの業務内容だ。新人たちは、朝は城の警備、昼からは訓練場にて狩猟大会に向けての特訓を行う！　女は班長に任せる！　以上！」

声を張り上げる彼を眺めていたアンは、不思議そうに首を傾《かし》げた。

「団長、声も変だわ。風邪でもひいているのかしら？」

団員に意地悪するたび声が高くなる、私の魔法も効いているのだろう。

アンの言うとおり、団長の声は虫の飛行音並みに高くなっていた。これ以上高くなると、他の人が彼の声を聞き取れない恐れがある。

（声の高さはこのままで。これ以上意地悪したら、胴体が伸びる仕様に切り替えておきましょう。身長が縮みすぎて、目立ちすぎてもいけないからね）

ティボーに言われたことは、なるべく守っておきたい。私は、こっそり魔法を変更した。

食事をし始めると、お盆を持ったシャールたちが歩いてきて、私たちの向かいの席に座った。食堂のお盆とシャールの組み合わせは、なんだか新鮮だ。こんなことでもなければ、一生見られないだろう。

「シャール、昨夜はよく眠れた？」

「……どこでも睡眠を確保する方法は、メルキュール家で学んでいる。カノンたちだって、できるはずだ」

「そうなの？　すごいわねえ」

アンたちは、シャールや双子を見て、そわそわしながら頬を赤らめている。

三人とも異性への耐性はなさそうだ。シャールも双子も整った顔立ちなので、気になってしまうのだろう。

「ところでシャール。あとで相談したいことがあるんだけど」

「わかった。食事のあとで外に出よう」

「ええ、よろしく」

二人の会話を聞いて、新人女性騎士の三人は「逢《あ》い引《び》きね」と、目をキラキラさせていた。

約束どおり、食事を終えたあと、私はシャールと二人で前庭へ移動する。

「ねえ、シャール。ウェスとはもう話した？」

「特に話したことはないが」

シャールは積極的に誰かと交流するような性格ではない。概ね予想どおりだ。

「私は今朝、偶然ウェスと会って話をしたのだけれど、彼は私の魔法を見破れる魔法使いだったわ」

「……お前はその手のことで、つまらない嘘は言わない。事実だとすれば、あいつが何者なのか調べる必要がある」

シャールの表情がやや険しくなる。

「同感よ。それで彼がね、騎士団にいる間、互いに協力しないかって提案してきたの」

私は詳しい話を全てシャールに伝えた。

「向こうも城内で、モーター教について調べたいことがあるみたい。アンシュ王国にやって来た、モーター教の役職者に出て行ってほしいと言っていたわ」

「魔法使いにとって、モーター教は厄介な集団だからな」

「それで、協力についてはどうかしら？　私はしても問題ないと思っているのだけれど」

「野放しにしておくより、一緒に動いて行動を見張ったほうがいいだろう。向こうの申し出に同意する」

「わかったわ。じゃ、ウェスに協力しましょうって伝えるわね」

「私から言っておく。どうせ城内で会うからな」

「実は女性騎士も今日は城内の担当なのよ。ようやく、調査ができるわね」

ティボーも喜んでいそうだ。

私たちは一旦別れを告げ、それぞれの仕事に戻った。

※

その後訪れた城内は、ざわついていた。警備のため集まった騎士たちの視線は、騎士団長のガハリエの一身に集められている。

不機嫌なガハリエは、内心をありありと態度に出して部下たちを睥睨《へいげい》した。

日頃から、行動で不機嫌さを部下に知らしめ察してもらい、あれやこれやと機嫌を取ってもらうのが、ガハリエのやり方なのである。

この騎士団はガハリエの小さな王国だ。ガハリエはここの王で、揺るぎない地位を持つ絶対的な権力者。周りは常に自分に絶対服従しなければならない。

この場所こそ、出来が悪く実家に居場所がないガハリエの、最後の牙城なのである。

（ちっ、じろじろ見やがって）

昨日から不可解なことが多く、ガハリエの気分は下がる一方だった。

王国騎士団は自分にとって、どこよりも居心地のいい場所だったのに、最近ではそれが崩れてきている。原因はわかっていた、あの生意気な新人たちだ。

「今日は集合が遅かった！　嘗めているのか！　連帯責任で全員あとで訓練場を五十周だ！」

部下たちが慌てて動き出す。それを見るのはいい気分だった。自分の地位の高さを再確認できる。

「新人はトイレ掃除をしろ！」

甲高い声で叫んだ瞬間、ガハリエの視界が微妙に高くなった。

（……気のせいか。いや、しかし）

ガハリエは昨日の出来事を思い出す。

騎士団宿舎の食堂に行ったはずなのに、気づいたら何故か一人で森に立っていた。

そこから苦労して騎士団宿舎へ戻ってきたのはいいが、あれからどんどん目線が低くなっているような気がしていた。具体的には、足が……縮んでいるのだ！

理由はわかっていた。

（あの新人共が何かやったに違いない！）

酔っていて詳しく覚えていないが、なんだか嫌な目に遭ったという記憶はうっすら残っている。

今では声までおかしくなって、部下にひそひそと笑われる始末だ。許せない。

（あいつらは魔力持ちなのか？　なんでそんな不気味な連中が書類審査を通過している……？　普通は落とされるだろうに、まさか魔法で誤魔化して通過したのか？　わけがわからん！）

正直、魔法がなんなのか、ガハリエにはさっぱり理解できない。

ただ、例の新人たちは得体が知れず不気味である。手を出していいのか悩むところだ。

今朝も女性騎士たちと楽しく食事をとっていて、羨ましくてむかついたが、結局ガハリエは何もできなかった。

すると、そこへ班長が駆け寄ってきた。

この女は男爵家の出身で、見た目もそこそこいいから贔屓《ひいき》にしてやっている。

「何か用か？」

「はい、実は新人たちのことなのですが、魔力持ちが交じっているんです。ラムとかいう緑髪の女です。奇妙な現象を引き起こしてばかりで不気味で……」

「なんだと？　魔力持ち!?　そうか、やはりあれは魔法だったんだな」

ようやく合点がいった。

だが、苛立《いらだ》ちが燻《くすぶ》って、どんどん怒りが抑えきれなくなっている。もう爆発しそうだ。

「班長、よくやった」

褒めてやると、班長は嬉しそうに瞳を輝かせる。忠実な犬のような女だ。

（やはり、女はこうでないとな）

去って行く班長を見送ったガハリエは、続いて離れた場所に立つ新人たちを睨みつけた。

特にあの銀髪の男が気に入らない。美形でほどほどに成績がよく、ガハリエが密かに狙っていた女とできている。それだけで許せない。

昨日だって、いい雰囲気のところを邪魔された記憶が、おぼろげに残っている。

(せっかく好みの新人を部屋に連れ込もうと思ったのに)

ガハリエは八つ当たり気味に叫ぶ。ラムも魔力持ちだという事実は、すでに頭から抜け落ちていた。女は脅威ではないからだ。

「こら、新人共! さっさと歩け! お前らには、仕事のあとで訓練場五十周の他に、腕立て五百回をこなしてもらうぞ!」

言った瞬間、また目線が高くなった。背が伸びているようだ。

(なんだ、身長が戻ってきたじゃないか。昨日はどうなるかと不安だったたが、これなら問題ないな)

新人が魔力持ちだとしても、魔力持ちの大半がそうであるように、大した魔法は使えないのだろう。効き目が切れてきたようだ。

(そうと決まれば、あとはあいつらを排除するだけだ。幸い、一週間後には狩猟大会がある。侯爵家の人間である俺を怒らせたことを後悔させてやる)

事故に見せかけて新人を潰すなど、ガハリエにとってはわけもないことだ。

今までだって、死人こそ出していないが、邪魔な部下を何人も潰して退職させている。

ここはガハリエの王国で、ガハリエの決定が絶対なのだ。例外はない。

（調子に乗っていられるのも、今のうちだ）

暗い微笑みを浮かべ、再びガハリエは吠《ほ》える。

「途中でへばった奴は、髪を全部刈り上げてやるからな！　ガハハ、俺のしごきに耐えてこそ、王国騎士団員だ！」

声が高いせいで、どうしても迫力が出ない。

（だが、身長と一緒で声もそのうち戻ってくるだろう。どうなることかと思ったが、杞憂《きゆう》だったな）

魔法の効果は、それほど長く続かないに違いない。

ガハリエは、そう信じて疑わなかった。

※

城内に案内されたあと、私たち新人は男も女も何故か、使用人用のトイレの前に集合させられた。

私は小さな声でアンに問いかける。

「どういうことかしら」

「さっき団長が男性の新人騎士に同じことを命じたんですって。私たちも、同じ新人だから呼ばれたのかも」

アンは意外と情報通なようだ。

「そのとおりよ」

声のするほうを見ると、私たちを案内してきた班長が、にやにや笑いながら、私を含めた新人の女性騎士たちに指示を出す。

「あんたたちには、今からトイレ掃除をしてもらうわ」

「えっ!?」

全員が戸惑いの声を上げる。

「団長が男性側の新人騎士にトイレ掃除を命じていたから、こちらの新人も一緒に作業させますと提案したのよ。騎士団の役に立てて良かったわねえ?」

そう言って笑う班長の顔は、意地悪げに歪んでいる。

要するに、男性新人騎士の掃除に便乗し、私たちに嫌がらせをしたいだけのようだ。

(普段使わない城のトイレを掃除しても、騎士団の役に立つとは思えないんだけど)

そうこうしているうちに、団長もやって来た。

「朝話したとおり、お前たちの最初の仕事はトイレ掃除だ！　トイレが綺麗になってこそ、心も綺麗になり、真摯な気持ちで仕事に取り組むことができるようになるのだ！」

ガハリエなりのポリシーがあるのはわかる。

しかし、人手不足の騎士団なのに、警備の仕事をせず、トイレ掃除をしていていいのだろうか。

(そもそも、これって、本来トイレ掃除をする人の仕事を奪っているのでは?)

貴族だからか、ガハリエは城でもやりたい放題だ。

男性側の新人たちも全員、ぽかんと口を開けている。疑問を感じているのは、私たちだけではないらしい。

「いいか、備え付けのブラシは使用するな！　トイレは素手で掃除するんだ！　そして、掃除が終わったあとは、全員便器に顔を擦《こす》り付けて見せろ」

「な、何故!?」

あまりに不可解な内容だったので、思わず声を上げてしまった。

しかし、ガハリエはちょうど理由を喋りたかったようで、質問を待っていましたという顔で説明を始める。

「丹精込めて素手で洗ってこそ、心が静まり、騎士道精神を磨くことができるからだ！　それに、本当に綺麗に洗えたのなら、顔を擦り付けても大丈夫だろう？」

もはや、何を言っているのか理解できない。

たとえ綺麗な便器でも、顔を擦り付けたいとは誰も思わないだろう。

「終わった頃にまた来る。きちんと掃除するんだぞ！　ああ、お前たちはこっちへついてこい」

ガハリエは笑いながら、シャールたち以外の新人と、その他の部下を引き連れて去っていった。

班長も「しっかり掃除しなさい」と告げ、彼らについて行ってしまう。

心なしか、団長の胴が伸びて、先ほどより長くなっている気がした。

「掃除と言われても……どうしましょうか？」

私は残った新人男性騎士たちのほうをちらりと見る。と言っても、今いるのはシャールと双子とティボーだけだが。

「ひええ、私たち、完全に目をつけられちゃってますよ！　新人歓迎会のときに、抵抗して騒ぎを大きくしたから……」

ティボーはあからさまに困っている。

しかし、他のメンバーは、それほど気にしていなさそうだ。

「素手で便器を触るなど、論外だな。あの団長の言動は理解不能だ」

シャールは早々に、トイレ掃除を放棄する発言をする。双子も同意の声を上げた。

「ですよね～、俺も遠慮します」

「僕も、素手は嫌だな」

私も彼らと同じ意見だ。トイレ掃除が必要だとしても、わざわざ素手で洗う意味はない。

（だって、ブラシのほうが、汚れはよく落ちるでしょう？）

わざわざ非効率かつ不衛生な方法を選ばなくていいと思う。

（でも、アンシュ王国のトイレの形も、他の国と変わらないようね）

私は、外から女子トイレの奥をのぞき込んだ。

現在の世界にも、五百年前ほどではないが、きちんとしたトイレの仕組みがある。

アンシュ王国でも、レーヴル王国と同様に上下水道が整備されており、比較的衛生的なトイレ環境が整っている。特にここは王宮なので、トイレもきちんとしているようだ。

今いるのは使用人のトイレなので、部屋の中には、腰掛け式の陶器の便座が、四つほど並んでいる。個室ではないようだ。男性用も、似たような造りだろう。

（現在のトイレって、浄化魔法がかかっていないのよね。記憶が戻ったときは、びっくりしたわ）

現在は、メルキュール家のトイレは全て魔法式に切り替えたが、通常はそうはいかない。きちんと人の手による掃除が必要だ。

（でも、やっぱり、素手じゃなくていいと思うの）

ここの使用人たちだって、掃除の際はブラシを使っているはずだ。現に掃除用具入れもあるし、中には箒やブラシが並べられている。

「仕方がありません。皆さん、素手で洗いましょうよ。あの団長、絶対にあとで顔を擦り付けろとか言ってきますよ？　洗っていない便器に、顔を擦り付けるつもりですか？」

事を荒立てたくないティボーが、率先して発言する。

シャールが呆《あき》れたようにため息を吐《つ》いた。

「やりたいなら勝手にやれ。止めはしないが、無駄な仕事だと思うぞ」

双子も彼に続く。

「そうですよ。なんで顔を擦り付ける前提になっているかわかりませんが、浄化魔法を使えば一瞬で掃除できるのに。わざわざ手で磨く意味がわかりません」

「うんうん。もし、顔を擦り付けろと言われたら、幻影魔法で誤魔化せるもんね。もしくは団長の記憶を消すとか……僕らの素性を知らない人もいるから、魔法を使う際は気をつけなきゃいけないけど」

「そ、そんな！　せっかく王宮の中に入れたのに。真実にたどり着くまで、あと一息なんですよ？　もめ事を起こさないでいきましょうよ。あなたたちは、いつもいつも、二言目には魔法魔法魔法って……これ以上騒ぎを大きくする気ですか？　依頼はきちんとこなしてくださらないと、困ります！」

少し険悪な空気になってきた。

（ティボーってば、大声で『魔法』を連呼しすぎよ？　私たちが魔力持ちだってことは秘密なのに）

慌てて消音魔法を発動した私は、誤魔化すようにアン以外の二人に声をかける。

「掃除は私たちでやっておくから、二人は廊下を曲がった向こうで、団長や班長が戻ってこないか見張っていてくれない？」

「え、でも……」

残りの二人が、不安そうに私たちを見る。善意から、仕事を押しつけるのは悪いと思ってくれているのだろう。

すると、状況を察したアンが前に出て、二人に「大丈夫よ」と告げる。彼女は私が魔力持ちだと知っているのだ。

「女子トイレの数は多くないから、私とラムだけで綺麗にできるわ。中は狭くて四人が入ると作業しづらいし、途中で言いがかりをつけに来る人が現れたほうが大変だと思うの。だから、邪魔が入らないよう見ていてくれる？」

「ラムとアンがそう言うなら……」

戸惑いながらも、二人は頼みを聞いて、その場から移動してくれた。私とアンは顔を見合わせて頷く。

アンはこれから何が起こるかを、半ば察している様子だった。

私はシャールたちに向き直る。

「この子――アンには、魔法がバレているの。だから、彼女の前なら魔法を使って大丈夫。そういうわけで、団長が見に来ても、便器に顔を擦り付けなくて済むよう、団長の記憶を弄りましょうか。トイレ掃除に関しては全部忘れてもらうわ。記憶の調整が少し難しいけど、やってみせる」

男性サイドも異論はなさそうだ。唯一ティボーだけが不満そうだが。

（なるべく、もめたくないんだけど）

私たちは押しつけられた理不尽を、これ以上受け入れる気はない。そんなのは、過去のメルキュール家の中だけで十分だから。

敢《あ》えて誰も何も言わないけれど、そういった心のあり方の変化は伝わってくる。

しばらくして、団長が戻ってきた。班長やほかの騎士は別の仕事をしているのか、ついてきていないようだ。

（よし、今よ！）

瞬間、私は彼に向かって手をかざした。

私たちが魔法を使える事実を知らない新人の女性騎士二人は、離れた場所にいるのでまだ団長に気づいていない。

（記憶消去！）

何が起こったのか団長が理解するより早く、掃除に関係する記憶は、彼の頭の中から綺麗さっぱり消えてしまった。

記憶を消された衝撃で、団長は呆《ほう》けたような表情を浮かべている。

しかし、「顔を擦り付けろ」などの発言は、綺麗さっぱり忘れ去られただろう。

「ふう、つまらぬものを消してしまったわ。上手《うま》くいってよかった」

私のつぶやきに、シャールが「まったくだ」と心からの同意を示す。

「ついでにあの男を、この場から遠ざけてしまおう。今なら城内を調査しやすい」

言うやいなや、シャールは団長に向かって強制的に相手を転移させる魔法を放ってしまった。魔法は団長に直撃し、あっという間に、彼はその場からどこかへ移動してしまう。

それを見たアンは、驚愕《きょうがく》の表情を浮かべていた。

「ラム、今のも魔法？」

「ええ、そうよ。それでアン、私たち、今から少し城内を見て回りたいんだけど。向こうにいる二人と一緒に、先に部屋へ戻っていてくれる？」

アンは不思議そうな表情を浮かべながらも「わかったわ」と頷いてくれた。

「あなたたち、何か事情があるのよね。掃除が済んだことにして、二人と一緒に帰っておくわね」

「ありがとう……」

アンが上手い具合に合わせてくれ、二人を連れて騎士団宿舎へ戻ってくれることになった。事情を知らないいなりに、彼女は私たちに協力してくれるつもりらしい。

（すごくいい子。ちゃんと、あとでお礼をしなきゃね）

何をすれば彼女は喜んでくれるだろう。そういうことを考えるのは、難しいけれど楽しかった。

アンたちがいなくなったのを確認し、私とシャールたちは城内の調査を開始する。

目指すは、モーター教のお偉いさんとやらがいる場所だ。

（潜入二日目で調査に進めたのだから、いいペースじゃないかしら？　ティボーは少し不満そうだけど……）

アンシュ王国の城は、わかりやすい造りになっている。

中央に大きな階段があり、最上階に国王やその身内が暮らしている。一つ下の階の長い廊下を隔てた先には、広めの客室があるようだ。

城の内部については、騎士団宿舎で覚えた。

簡易的な城内の見取り図が、そこいらに放置されていたのだ。犯人はガハリエだと思われる。大事な見取り図は、食堂の机の上に置きっぱなしにされ、ちょっとソースの染みがついていた。

（部屋の配置も、単純で覚えやすいわね。レーヴル城のように、迷子になることはなさそうだわ）

私たちは順調に、モーター教の幹部たちがいる部屋のほうへ歩みを進めたのだった。

※

その日の午後、アンシュ王国の王城では、各地から集まったモーター教の幹部が、贅《ぜい》をこらした広い客室で会話を交わしていた。

テット王国の、元セルヴォー大聖堂の司教だったアヴァールも、その中にいる。

メルキュール家や元教皇に酷い目に遭わされ、命からがらテット王国を逃げだし、やっとの思いでこの地へたどり着いたのだ。

大好きな贅沢もできず、険しい道のりだった。

アヴァールは高級ワインを片手に、隣に座る他国の司教と話に花を咲かせる。

「アンシュ王国は大陸と交流の少ない島国だが、いい場所ですなあ」

大陸と隔絶されているから、あの恐ろしい魔力持ちの伯爵夫人や常識や理屈の通じない元教皇が襲来する恐れもない。ここは完全なる安全地帯だった。

「うむ、食に関しても言うことなしです。国民も敬虔なモーター教徒が大半だ。このように、我々を正しくもてなしてくれる」

相手の司教も頷いた。

「いえいえ、我が国として当然のおもてなしです」

そう話すのは、アンシュ王国の大臣であるニーゼンだ。彼には、前々からこの国の司教が何かと便宜を図っていた。おかげで、ニーゼンは今、非常にアヴァールたちに協力的だ。

「皆様には、我が国最高級の食材をふんだんに使った、アンシュ王国の料理をご用意させていただきました」

彼の言うように、近くのテーブルには豪華な間食や酒類が並べられている。

その中には、アンシュ王国の名物である、ドリアンもどーんと鎮座していた。

（うっ、ドリアンには碌《ろく》な思い出がない。見たくもないぞ）

だが、他の食材は素晴らしい。

ここに集まっている人間は、元教皇の乱心によって大聖堂を追われた司教や司祭が中心だった。

彼らはアンシュ王国に身を置き、この地での、モーター教の完全なる復活を目指している。

（あれから、教皇や枢機卿《すうききょう》は行方不明になり、聖人や聖騎士も姿を消してしまった。今の暫定的に発足したモーター教に、昔のような力はない）

なんとしても、かつてのような影響力を取り戻さなければと、アヴァールは鼻に力を入れて息を吹き出す。

自分たちが輝けるのは、モーター教という囲いがあってこそなのだ。

「第二の総本山と呼ばれていたここは、モーター教復活に相応《ふさわ》しい土地だ。我らの悲願を達成しなくては！」

アヴァールは仲間たちと手を取り合い、モーター教再興の決意を新たにする。

「今後は聖人であれ聖騎士であれ、魔力持ちは一切受け入れないことにしましょう。奴らは我々の邪魔ばかりしてくる。ところで、教皇の座は私に……」

「いや、私だ」

「儂《わし》じゃ！」

「なら、僕は枢機卿で」

わざわざアンシュ王国まで来て集まっているのは、権力や地位が目当ての強欲な者たちばかりだ。

一人が言い出すと、全員が希望の役職を名乗り出て、収拾がつかなくなってきた。

今、ここでもめるのは問題だ。

「まあ、詳しい話は、新たなモーター教が発足してからでも遅くない」

アヴァールは一旦話をうやむやにする。面倒ごとを煙《けむ》に巻くのは得意なのだ。

「そういえば近々、この国で狩猟大会が開かれるようですな」

いわゆる、接待狩猟というやつだ。

もちろんアヴァールはもてなされる側なので、その日を楽しみに待ちわびている。ここにいる全員がそうだろう。

アンシュ王国はもともと狩猟民族の国であり、武が貴ばれている。

年に二回行われる狩猟大会は、騎士たちが自身の武勇を見せつける晴れ舞台で、国の上層部に騎士団の強さをアピールする場でもあった。

そして、新人騎士たちの実力を見る場でもあるそうだ。有能な者には昇進の機会が与えられるらしい。

今回、アヴァールたちはその大会に招かれ、一緒に狩猟を楽しむことになった。

騎士たちも今回ばかりは、自分の武勇をアピールするよりも、モーター教幹部にいい思いをしてもらうよう、警備や護衛、接待に力を入れるそうである。

ニーゼンは得意げな顔で、アヴァールの言葉に頷いて見せた。

「弓矢も馬もこちらで用意いたします。もちろん、休憩場所も完備しておりますよ」

彼は得意そうに告げるが、元狩猟民族でもないモーター教幹部たちが、簡単に獲物を捕れるとも思えない。何らかの配慮がされるのだろう。

すると、話を聞いていた司教の一人が、得意げな顔で懐から何かを出した。

「こちらで弓矢が用意されるようだが、私はこれで参加しようと思っていましてね」

見たことのない形状の、不思議な筒のような物体だった。引き抜くと、うねった形状の剣が現れる。

「これは……？」

不思議そうな顔で、ニーゼンがその物体を眺める。

「かつて枢機卿が研究していた武器の一種でして、総本山の倉庫に眠っていた試作品の一部を失敬したのです。威力はあると思いますよ」

「とても武器には見えませんな。どのように使うのです？」

「それは当日までのお楽しみにしておきましょう。もっとも、魔法が組み込まれた武器らしく不気味ですので、私は自分で使う気はありませんが」

「なら、狩猟に持って行けないのでは?」

若い司祭が口を挟む。すると、その司教はにやりと口の端を持ち上げた。

「他の者に使わせればいい。適当に魔力持ちを雇って、不気味な武器は彼らに使わせますよ。気味の悪いもの同士、相性がいいでしょう。聖人や聖騎士ならともかく、私は普通の人間ですのでね……こちらを試したい方がいれば、魔力持ちごとお貸ししますよ?」

「なるほど」

彼の言う魔力持ちたちは、メルキュール家の者たちのような、恐ろしい力は持っていないのだろう。

だが、アヴァールは、魔力持ちには金輪際関わりたくない。

(ああ、嫌だ嫌だ。魔力持ちなんて、メルキュール家だけでたくさんだ!)

彼は知らなかった。

今の会話を、扉の向こうに潜んでいたメルキュール家のメンバーに、丸々聞かれていたことを。

※

足元の感覚がなくなり、私はゆらりとその場に膝をついてしまいそうになった。

そんな私を後ろにいたシャールが、すんでのところで支える。

「あ、ありがとう、シャール」

私たちは今、アンシュ王国の王城内部に滞在する、モーター教幹部の会話を盗み聞きしていた。

「今、あの人たち……枢機卿が研究していた武器って言ったわよね？」

声を震わせながら、後ろのシャールに確認する。

「ああ。残念ながら、私にもそう聞こえた」

シャールは、やや硬い声で答えた。

「やっぱり、エポカが使おうとしていた、あの武器なのかしら」

「だろうな。あの武器は全て処分したはずだが、総本山に残っていたのを、かすめ取った奴がいたなんて」

エポカが広めようとしていた武器は、五百年前に大規模な事故を引き起こした、使用者の魔力を変質させて放つ類いのアイテムだ。

彼はそれを今世でも大量生産しようとしたが、モーター教経由で武器の製造を依頼されたエペが、いち早くアイテムが五百年前と同じものだと気づいた。

エペは製造するアイテムを勝手に改造し、変質した魔力が出ない武器にしてから、それをモーター教へ納品した。武器の使用者をハリネズミにするという新機能までつけて。

結果、今世では変質した魔力による事故は引き起こされず、エポカも無事に退治することができた。

「総本山にあった試作品ということは、お前の一番弟子が細工した大量生産品ではなく、エポカが直接作り出したオリジナルかもしれない」

「使い手の魔力を変質させる効果が、付与された武器ということね」

「あいつらは、魔力持ちに武器を使わせると話していた。差別対象であるだけで、危険な武器を使わされるなんて、当人たちからしたらたまったものではないぞ」

「……そうよね」

かつて、様々な差別や搾取を受けてきたシャールの言葉だからこそ、重みがある。

私たちのさらに後ろでは、話を聞いていた双子が、「たとえ、奥様の一番弟子が細工した武器であっても、無理矢理使わされたあげく、ギンギラのハリネズミに変身してしまったら気の毒だよねえ」と、もっともな話をしていた。

今すぐ、あの武器を取り上げに行こうかと私は逡巡《しゅんじゅん》する。

相手は大勢いるけれど、派手に魔法を使えば、あの武器を破壊することができるだろう。

「いっそ、ここに集まった全員の記憶をなくしてしまえば……」

私の言葉を聞いて、シャールがぎょっとした表情を浮かべる。

「団長のときとは違って、あれだけの人数の記憶を弄るのは大変そうね。きちんと、関係のある記憶だけが消えてくれればいいけど」

記憶に関わる魔法は、かなり細かな調整が必要で、一度に大勢にかけるのには向かない。おそらく、おかしな事態になってしまうだろう。

「自信はないけど、このまま、あの武器が野放しになるよりはマシかもしれないわ」

得意げに武器を手にしている司教は、変質魔力の恐ろしさを何も知らないのだろう。

武器の威力を知れば、大量生産しようという発想になる可能性は高い。

そうして、罪のない魔力持ちたちが、それを使用するため駆り出される。

「とにかく、止めないと」

私は足に力を入れて歩きだそうとした。

「待て、ラム。武器が一つだけとは限らないし、確実な証拠だって集められていない。全て聞き出してから、あいつらを始末すべきだ」

「……魔法で激しくお仕置きしたら、真実を全て話してくれるかしら」

私たちの会話内容を聞いて、焦ったティボーが口を挟む。

「待ってください、シャールさんの仰《おっしゃ》るとおり、調査が完全に済んでいません。今のままだと国全体で起こっている情報操作について、私が真実を記事にしたところでうやむやになってしまう。私は確たる証拠を握り、この国の人たちに本当のことを知ってもらいたいんです。それに……」

彼は私たちのただならぬ雰囲気を感じ取り、言いにくそうにしながらも話し続ける。

「問題を大きくして、肝心の証拠集めがおろそかになり、さらにはお世話になっているフレーシュ陛下に迷惑をかけてしまうのは本意ではありません！」

「それは……そうね」

自分だけで問題が完結するならいざ知らず、大事な弟子に問題を波及させるような真似はすべきではない。

（特にあの子は、エペと共に、過去に私を助けるために命をなげうった。これ以上、私に関することで困らせたくない。でも、あの武器も放ってはおけないし……）

こういうときの、いい解決方法はなんだろう。

考えていると、シャールが私の肩に手を置いて言った。

「大丈夫だラム、あいつらはしばらくここにいるはずだから。言い逃れのできない状況下で、全てを白日のもとに晒《さら》してやろう。あの武器を使うのも、狩猟大会当日だろう。出場前に全部破壊してやればいい」

私は渋々頷いた。今はシャールの言葉が正しい。

「それまでに、ほかに武器を隠していないか確認しなければな。そちらは私が担当しよう」

「シャールが？」

「あの武器を放っておけないという意見はもっともだからな。そういうわけでラム、当日のあいつらの相手は頼んだぞ」

「う、うん」

調査を引き受けてくれたり、当日の武器の破壊諸々《もろもろ》の作業を譲ってくれたり……。

なんだかとても、シャールに気遣われている気がする。

一歩一歩、人として前進している彼を見て、私も意識して平常心を保った。武器を見た瞬間は、ショックで我を忘れそうだったが、冷静に考えられるようになってくる。

（私もしっかりしなきゃ。最初の目的も忘れないようにしないと）

五百年前とは状況が違う。エポカはいないし、問題の武器の数だって以前よりは少ないはずだ。

それに、弟子たちやメルキュール家のメンバーも協力してくれる。

(うん、きっと大丈夫)

気を取り直した私は、ひとまず狩猟大会の日まで、武器の破壊を待つことにした。

トイレ掃除から一週間後に、狩猟大会の日がやって来た。

私たち騎士は朝から、狩猟大会会場に集まって周囲の安全確認をしている。

でも、頭の中はそれどころではなかった。

（あの武器を壊さなきゃ……）

モーター教の幹部たちの会話を聞いてから、そのことばかり考えてしまう。そわそわしていると、近くに立つシャールが小声で話しかけてきた。

「ラム、落ち着け。相手は逃げない。正直、お前の実力であれば、武器がどこにあろうと壊せるだろう？　それに、調子が戻ってきたとはいえ、まだ体が心配だ。あまり無茶な魔法の使い方はして欲しくない」

シャールを不安にさせてはいけないという気持ちになり、私は意識して冷静さを取り戻そうと試みる。

「……そうね。あなたの言うとおりだわ。あのアイテムが関わると、どうしても焦ってしまって」

「前世のお前の死因だ。無理もない……ラムが望まないのであれば、あれは今日、お前に見えない場所で始末するつもりだ」

「いいえ、あれは私の獲物。自分の手で片をつけたいの」

「……わかった。それなら、お前に任せる」

シャールは今回、全面的に私にその役目を任せてくれるようだ。とても気遣われている気がする。

「ありがとう、シャール。私は強い魔女だけれど、周りが見えなくなってしまうことも多い。これからの課題ね」

実のところ、今世に転生してから気づいたり学んだりすることがとても多い。私はまだまだ半人前の魔女だ。

そうこうしているうちに、男性騎士たちが全員呼ばれ、私はその場に残された。

会場は王城からほど近い森で、豊富な種類の生き物が生息している。

（これはモーター教の嘘《うそ》を暴く大事な仕事。武器を壊すのはもちろんだけれど、きちんとティボーの依頼を達成しましょう）

この大会は、アンシュ王国の国賓たちを、もてなすための催しらしい。

つまり、接待である。

（モーター教の幹部たちは、もうすぐ来るはず）

つまり、正面から堂々と彼らに会うことができる。

（でもこれ、本当に接待になるのかしら？　アンシュ王国は、遡れば狩猟民族の国らしいけれど、ちょっと……）

モーター教の司教や司祭たちに獲物が狩れるとも思えない。

知っている司教と言えば、テット王国の全身がキンキラで太った意地悪な司教だけである。毛玉になった司祭だって、どちらかというと細くて体力がないタイプだった。

（たぶん、狩りなんてできないわよね）

その部分も、騎士団が臨機応変に対応しなければならないのかもしれない。

大規模な任務は久々のようで、騎士団長のガハリエは一人で張り切っている。

彼を見て、アンが戸惑いの声を上げた。

「団長、前よりかなり足が短くなっている気が……」

他の二人の新人騎士も頷《うなず》く。

「胴もなんだか長くない？　声も背も入団試験の頃より確実に高くなっているわよね？」

「やっぱり。そう思っているのは、私だけかと……皆も一緒だったんだぁ」

口に出さないだけで、皆、ガハリエの変化に戸惑っているようだ。

ただ、アンを除いて、私やシャールの仕業だとは、誰も気づいていない。

（ウェスはわかっていそうだけど、特に何も言ってこないから大丈夫よね）

彼は今、シャールたちと一緒に行動しているようだ。双子、ティボーも一緒に動いている。

ティボーはやはり騎士団の仕事に向いていないようで、何かあるたびに団長に目をつけられていた。当初の「目立たない」という目標は、結局誰も達成できていない。

待機していると、国賓であるモーター教の司教や司祭たちが豪奢《ごうしゃ》な馬車に乗って運ばれてきた。

（いよいよだわ。冷静に動かないと）

私は気を引き締める。しかし……。

ぞろぞろ下りてきた集団の中に、私はなんだか見覚えのあるキンキラを見つける。

（あら……？　あそこにいる人って、テット王国にいたセルヴォー大聖堂の司教——アヴァールじゃないの。あの人もここへ来ていたのね）

前に城へ潜入したときは声だけしか聞いておらず、誰がいるのかまでは確認しなかった。あのとき相手を見てしまえば、取り乱していた私は自分を制御できなかっただろう。行けば、何をしていたかわからない。

どうせ狩猟大会で会うだろうと、敢《あ》えて現場に踏み込まなかったシャールの判断は、ある意味正解だったといえる。

詳しいことはわからないが、アヴァールを捕まえればいい話が聞けそうである。

（これまで、目的の調査は少ししか進んでいなかったけれど、狩猟大会ではしっかり証拠を摑《つか》めそうだわ）

アヴァールのほうを見ていると、近くで団長のガハリエが声を張り上げた。

「おい、男共は気合いを入れて見回りしろ！　モーター教幹部の方々の安全を守るのだ！」

国賓たちからやや離れた場所で、彼は指示を続けている。声がとても高い。

「女共も、自分たちの役目はわかっているな？　このための女性騎士だ」

団長に目配せされた班長が緊張した面持ちで頷く。

「失敗は許されないからな、賓客たちを喜ばせろよー」

「はい……」

どういう意味なのか理解できず、私は二人の様子を見ていた。

（「このため」って、何かしら？）

事前に何も聞いていない。

アンたちも、私と同じようで首を傾《かし》げている。

不思議に思っていると、女性騎士に集合がかかった。

男性側もガハリエが集合をかけている。

ここからは、それぞれ別で指示を出されるようだ。

班長は集まった女性騎士を見回すと、いつにも増して厳しい顔で告げた。

「女性騎士はこれから、賓客の接待に回るわよ。皆、失礼のないように気を引き締めること！」

「はいっ！」

先輩騎士たちが元気よく返事をする。

（えっ、接待？……って、私たちの仕事なの？）

私は少し不安になる。女性騎士は接待の専門家ではない。相手は国賓なのだし、その道のプロを呼んだほうが、上手《うま》くやってくれるのではないだろうか。

五百年前にも現在にも、接待などをする専門職があった。

現在でいうと、例えばテット王国では高級娼館《しょうかん》から娼婦《しょうふ》を大勢呼び、モーター教のお偉いさんたちの接待を任せていたはずだ。シャールも過去に何度か、接待の現場を見たことがあるって言っている。

そういった場所に呼ばれる娼婦は接待の知識を習得しており、宴会などをつつがなく進められる技術も併せ持っていた。

神聖な宗教という触れ込みのモーター教関係者に対し、接待の場に娼婦を呼んでいいのか疑問に思うところだが、セルヴォー大聖堂の司教や司祭、敬虔《けいけん》なモーター教徒の国王や貴族たちからは大変好評だったらしい。

（アンシュ王国には、そういう仕事がないのかしら？）

疑問に思った私は、班長に質問してみた。

「あの、どうして騎士が接待を？　もっと、この仕事に適した人たちがいるのではないのですか？」

すると、間髪を入れずに班長が答える。

「経費削減のためよ！　そんなこともわからないの!?　接待に慣れた娼婦を呼べば簡単でしょうけれど、彼女たちは、とにかく高いの！　その点、騎士を使えばタダなのよ」

「け、経費削減で騎士が接待するの!?」

それほどまでに、アンシュ王国の国庫は厳しいのだろうか。というか、モーター教を尊ぶ国として、司教たちへの接待費は削ったら駄目なのではないだろうか。

「予算配分は団長が決めているから、私たちはそれに従うだけよ」

班長の話を聞いた私はピンときた。たぶん団長は接待費を横領している。だから女性騎士を接待要員として扱うのだろう。

「それに女性騎士なら、何かあったときに、客を守る盾くらいにはなれるでしょ」

「た、盾!?」

班長の言葉に私は仰天した。

そこは騎士なのだから、戦って危険を撃退してほしい。なんだかここでの仕事は、私が考える騎士と根本的に違う。話を聞いたアンたちも、おろおろしていた。困惑しているのが私だけでないところが救いかもしれない。

(この子たちは、このまま騎士団の考えに染まらないでほしいわね。班長も、他の女性騎士も、今の考えを変えられないものなのかしら)

最初からこうでなく、アンたちのような新人として入団していたとすれば、彼女たちにも救いはあるだろうか。

(騎士団の思考に染まった考えを、戻せないかしら?)

今の王国騎士団には問題が多すぎる。目的を遂げて、さっさと去ってしまうには、あまりに不安だった。特にアンたちが心配だ。

「役立たずの新人たちは、私についてきなさい! どうせ何もできないんだから、今日は賓客の近くで愛想でも振りまいていることね」

あまりに理不尽な嫌がらせはなくなったものの、班長の新人への当たりはまだまだきつい。特に私への当たりが。

「そこの緑髪! お前には司教の接待をしてもらうわよ」

「え、私?」

「そうよ、そんな変な色の頭、お前以外にいる?」

髪色についていろいろ言われたことはある。私や弟子のエペなど、珍しい髪色は目立つので、目をつけられがちなのだ。

「あの騎士団長を骨抜きにするくらいなんだから、そっちの仕事は得意なんでしょ?」

「……そっちって?　どっち?」

しかし、班長は私の質問を無視した。

「薄汚い女狐《めぎつね》め。団長はあんたのことなんて、遊び程度にしか思っていないわ。魔力持ちだからって、調子に乗らないことね!」

団長についてはともかく、彼女の中で私は得体の知れない魔法を使う魔力持ち……という位置づけのようだ。魔法については薄々バレているかもと思っていたが、だからこそ、嫌がらせが減ったのだろう。

(でも、団長の話についてはよくわからないわね。セクハラされかけたくらいで、特に接点もないし)

だから、私は戸惑いながら、彼女に続いた。

班長は「フンッ」ときびすを返すと、すたすたと先に歩いていってしまう。

(班長は団長のことが好きなのかしら?　人の心って、難しいわ)

もともと、他人の気持ちを慮《おもんぱか》るのは得意ではない。

(とても困っている人や、わかりやすく苦しんでいる人になら、助けの手を差し伸べられるけれ

ど)

細やかな心の機微を察するのは、五百年前から苦手だった。シャールや双子に鈍いと言われるのも、そういった部分なのだろう。

幼少期の私は、敢えて他人の細かな心の動きには、極力触れないよう行動してきたから。

(私が小さな村のアンだった頃、周りから自分の何もかもを全否定されてきた。いちいちそんなものを慮っていたら、自分の心が壊れてしまいそうで、敢えて意識せずに過ごしてきたけれど……)

誰にも受け入れてもらえない状況下を生き抜くために、敢えて感情に蓋をしたのがいけなかったのだろうか。

(何が正解だったかわからないけど、周りの大人の顔色を窺《うかが》って、彼らの望むような「普通」を演じるのは、私にとって苦痛でしかなかった)

そうしてフィーニスと出会い、紆余《うよ》曲折《きょくせつ》を経て、他人の心に疎いまま今の私になった。

昔よりは進歩しているはずだが、それでもおかしな部分は多いようだ。

考えていると、アンがこそっと話しかけてきた。

「ねえ、ラム。もしかして……班長って、団長のことが好きなんじゃないかしら」

アンも私と同じことを考えていたようだ。

「もしくは恋愛感情抜きにしても、班長は団長に女として気に入られることで、騎士団内での立場を築いているのかもしれない。だから、ラムや私たちに対していつも強気なのよ」

「な、なるほど……」

他の二人も「それはあり得るわね」と頷いている。彼女たちの考察が心強い。

「案外、班長の地位だって、団長にもらったものかもしれないわ」

「私もそう思う。なのに、ラムが団長に気に入られ始めたから、自分の立場が脅《おびや》かされると思ったんじゃない？　ラムは魔力持ちだから、反撃したくてもできないし」

三人は、班長の話で盛り上がっている。

しかし、私はとある事実に気が付いた。

（ん……？　私が魔力持ちだって話、アン以外の二人にしたっけ？）

自分が魔法を使えることは、話していないはずだ。なのに、他の二人も、私が魔力持ちだという話を受け入れている。

「ラム、魔力持ちだってことは隠しても無駄よ。バレバレなんだから。おそらく班長も早くから気づいていたわよ」

一人が腕組みして得意げに言った。

「そうそう、初日に班長に絡まれたときも、歓迎会のときも、おかしなことだらけだったもの。お酒がジュースになっていたり、団長が短足になっていたり……トイレ掃除のときも、何かコソコソやっていたでしょう？」

もう一人も同意して頷く。

（全部バレてる！）

魔力持ちはモーター教徒に嫌われる存在だ。そして、アンシュ王国の国民の大半はモーター教を信仰している。

そんな中、魔力持ちの私が傍《そば》にいて、彼女たちは大丈夫なのだろうか。

「あの、魔力持ちの私が一緒にいて、二人は嫌じゃなかったの？」

「最初はびっくりしたけど、私たちはラムの魔法に助けてもらっているわけだし。魔力持ちでも、ラムは嫌な子じゃないって知っているわ。アンがセクハラされたときだって、酔った騎士を眠らせて撃退していたでしょ」

「そうそう。それに、あなたが魔力持ちじゃなかったら、私たちは未《いま》だ倉庫暮らしで、断食を続けなきゃいけなかったかもしれないわね」

二人はそう言って微笑《ほほえ》んだ。

アンが会話に交じり、三人で「そんなの耐えられない」と言って、楽しそうに笑っている。私だけ、話の流れについていけていないようだ。

ぽかんと口を開けて三人を眺めていると、彼女たちは揃《そろ》って腕を突き出し、親指を上に立てる。

これはアンシュ王国風の「大丈夫」というサインだ。騎士団にいるうちに覚えた。

「だからラム、私たちのことは気にしないで、バンバン魔法を使っちゃっていいのよ。魔力持ちでも、あなたほど魔法が使える人ってなかなかいないからね」

「魔力持ちってことを隠蔽したいなら、私たちも協力してあげる」

「今日の賓客はモーター教の人たちだし、ばれたら大変そうだものね。下手をすると、異端者として捕まってしまうかもしれないわ。そんなの、絶対に阻止しないと！　私たちはモーター教徒だけれど、いくら教義でも、ラムに酷《ひど》いことをするのは違うと思う」

彼女たちは考えた末、そう結論を下したようだ。皆の言葉が心強い。

そして仲間だと認識してもらえることに喜びを感じてしまった。

だから、私は三人に向かって心から微笑んだ。

「ありがとう。皆にそう言ってもらえて嬉《うれ》しいわ」

こんな風に受け入れてもらえることもあるのだと知り、嬉しさを抑えきれない。たぶん、アンたちには丸わかりだと思う。

少し気恥ずかしくて、私は敢えて元気な声を上げた。

「さてと、それじゃあ、モーター教のお偉いさんを接待しに行こうかしら。三人とも、相手に嫌なことをされたら、遠慮なく私に言うのよ」

「はーい」

「ラム、頼りにしているわ。相手は聖職者だから、さすがに人間ができていると思うけど……」

実はそうでもない。私は今まで、とんでもない司教や司祭を見てきた。

そもそも、教皇や枢機卿《すうききょう》からして、ちょっと聖職者とは言いがたい人物たちだ。

（……黙っておきましょう）

敬虔なモーター教徒だった人たちの夢を、むやみに壊してはいけない。

私は三人と一緒に、早足で進む班長たちのあとを追った。

国賓であるモーター教司教や司祭たちは、森に設営された豪奢なテントで寛《くつろ》いでいた。

班長は比較的仲のいい、ベテランの女性騎士たちに指示を出していく。

「あなたたちには、あっちのテントを任せるわ。上手くいけば、モーター教の権力者の愛人になれるかもよ？　騎士の妻より贅沢《ぜいたく》できちゃうかもね」

そう言われた女性騎士たちは、何故《なぜ》かまんざらでもないようで、嬉しそうにしている。

私は複雑な気持ちで、それを見つめる。

（モーター教は、もうないのに）

今国内にいる元モーター教幹部について、まだ詳しい調査は進んでいない。だが、これだけは言える。

ここにいるのはただの、モーター教が解散したあとも過去の栄光が忘れられず、現実を受け入れられない無職の集団だ。

中には貴族出身者もいるかもしれないが、こんな場所に集まってくるほど切羽詰まった者だ。愛人になっても苦労するだけだろう。あまりおすすめできない。

（でも、そっか……）

アンたちや班長の言葉から、私は女性騎士たちの今までの行動が腑《ふ》に落ちた気がした。

やっと理解できた。

異様に人の定着率が悪い王国騎士団。その中でも、下に見られている女性騎士。

そんな場所に居続けたい人なんていない。辞めて別の職場に行きたいと思っている人だって多いはずだ。

そう思っていたけれど、彼女たちは、敢えてこの場にいるのかもしれない。

家庭の事情なのか、個人的な事情なのか、最初からそれが目的だったのか……詳しいことはわからないが。

ただ、彼女たちが今現在騎士団にいる理由は、騎士団にいれば高給取りである騎士と結婚できる可能性が高いからなのだ。

(または、接待相手の貴族やモーター教関係者と……ってことよね？　男性騎士も女性騎士も、互いにそれを承知しているんだわ)

女性騎士にはまともな仕事が割り振られない。雑用や応援、接待など特に重要ではない役目ばかりが与えられていた。

不思議に思っていたが、最初から仕事をすることを期待されていないなら納得がいく。

男性騎士たちもまた、女性騎士を職場の仲間としてでなく、結婚相手候補の女として見ているのだ。女性たちもまた、それに応えようとしている。

新人を虐《いじ》めるのも、「ライバルになり得る邪魔者を排除したい」という気持ちが働くからかもしれない。

今回のように賓客を接待して親密になれる機会を得るのは、彼女たちにとって千載一遇のチャンスなのだろう。上手くいけば、騎士の妻よりいい生活ができ、人生逆転も可能かもしれないのだから。

(でも、それでいいの？　彼らの機嫌を取りながら、自分を殺して一生生きていくの？)

アンたちは、事情を知らないまま騎士団に来た感じだけれど、ほかにも何も知らず入団した人がいたのではないだろうか。最初から団長などの、貴族の愛人の座を狙って入団する女性もいるのかもしれないが、そんな人ばかりではない気がする。

アンシュ王国は、彼女たちを都合よく使っている。

（女性騎士たちが心からそれを望んでいるなら、否定も邪魔もしないけど。それしか選択がなくて、仕方なくそうしているのならいたたまれない。今回は相手は現無職の元モーター教徒……やっぱりおすすめできないわ。もちろん、私やアンたちに意地悪することとは別問題だし、嫌がらせには報復させてもらうけど）

キョロキョロ様子を窺っている私に向けて班長が叫ぶ。

「そこの緑髪！　あんたはこっちよ！　残りの新人も来なさい！」

「はいはい～」

「なんなのよ！　その嘗《な》めた返事は！」

私の返事が気に入らないようで、班長の眉間に太い皺《しわ》が寄る。

一番大きなテントに入った私たちは、モーター教の元幹部と思われる人々に出迎えられた。品行方正な教義を守る司教や司祭たちは皆、「おお、若い女だ……」、「触りたい……」と、本音ダダ漏れの声を上げながら喜んでいる。ただ一人を除いて。

「あ……」

私はその一人と目が合った。太った体にキンキラした派手な服を纏《まと》い、ひときわ偉そうにふんぞり返っている中年男性だ。

先ほど発見したセルヴォー大聖堂の元司教、アヴァールである。彼は私を見て目を見開き、続いて焦ったような声を上げた。

「お、お前はっ！　なんでアンシュ王国にいるんだ!?　こ、こここの極悪魔女ーーーー！」

「テット王国の、セルヴォー大聖堂の元司教様。久しぶりね」

「こ、こんな場所にまで現れおって！　さては、我々モーター教徒の悲願を邪魔する気だな！」

向こうも、私のことをしっかり覚えていたようだ。彼が大きな声を出したせいで、周りの注目が集まってしまっている。

「悲願？　ちょうどよかった、それについて詳しく知りたいのよ。教えてくれる？」

「おい、誰かこいつをつまみ出せ！　この女は、それは恐ろしい魔女で……」

アヴァールの反応に、周りの全員が戸惑っていた。無理もない、私はどう見ても、アンシュ王国の女性騎士にしか見えないのだから。

「いや、アヴァール殿。彼女は普通の騎士じゃないか。とても恐ろしい相手には見えないし、むしろ可愛《かわい》いと思うが……」

「いや、この女は気弱そうな人間に擬態しているだけなんだ！」

何やら言い争いが始まった。

その間に、休憩所の様子を観察する。すると、私の目はとあるものを捉えた。

（あ、あれは……！）

中央のテーブルに巨大なイガイガした果物が飾られている。その周りには切り分けられたフルーツが、独特の香りを放ちながら、上品な皿に盛られ並べられていた。

（ドリアンじゃないのっ！）

私は全速力でテーブルに駆け寄ると、フルーツの盛り合わせの中から、ドリアンの皿を一つ失敬する。

「ああ、これよ。これが食べたかったのよ！」

まさか、狩猟大会の会場で目的の果物に巡り会えるとは思わなかった。騎士団宿舎の食堂では、ついぞ見られなかったのだ。

幸せな気持ちで、私は小さくカットされたドリアンを頬張る。

（……なんて濃厚でまろやかな口当たりなの。これはメルキュール家に常備したい美味《おい》しさだわ）

いろいろ思い詰めていたけれど、いい意味で肩の力が抜けた。

（よし、今なら落ち着いて行動できそう。例のあれを用意して……と）

一通りドリアンを堪能し終えた私は、当初の目的を思い出し、この日のために作った、とある魔法アイテムを持ってアヴァールに詰め寄った。

後ろで班長が騒いでいるが、そんなことに構っていられない。

「ねえ、アヴァール。モーター教が解散したにもかかわらず、今回アンシュ王国へ集まった目的は、モーター教の再興だそうね。何をするつもりだったか、詳しく教えてくれるわよねえ？　あと、もう一つ聞きたいことがあるんだけど……」

「うっ……」

アヴァールは私とドリアンを代わる代わる見つめる。

そして、青い顔で震えながら逡巡《しゅんじゅん》し、やがて「わかった」と、告げ項垂《うなだ》れたのだった。

以前彼にかけた、ドリアン臭の魔法がトラウマになっていたようだ。

「あと、あなたどうしてここにいるの？　ランスに処分されたんじゃ……」

「いろいろあって処分がうやむやになったんだ。だから、私はテット王国を出て、新天地であるアンシュ王国を目指した」

「つまり、どさくさに紛れて逃げ出したのね。ちゃっかりしてるんだから」

「う、うるさい」

図星を指され、アヴァールは焦っている。

「で、モーター教の再興についてだけど……」

「我々は、ここを第二の総本山にするんだ！　アンシュ王国の国王や大臣は、喜んで協力してくれている。わかったなら、部外者はさっさと消えてくれ。お前の顔なんて見たくもない！」

「そうはいかないわ。エポカの始めたインチキ宗教を広めるわけに行かないもの。元教皇のランスだって、モーター教を解散して回っているし」

私がエポカやランスの名前を出したことで、モーター教の幹部たちがざわめきだした。

「あの女、アヴァール殿に対して上から目線だし、教皇と枢機卿を呼び捨てにしたぞ。ただの騎士のくせに、なんて不敬なやつだ！」

「女騎士の分際で、我々を愚弄する気か！　そんなことをしたらどうなるか、わからせてやる！　ぐへへ！」

賓客全員が色めき立つ。なんで、顔がやに下がっているかはわからないけれど。

「あ、こらそこ！　アンたちにセクハラしたら、肘から下を三日間雑草に変えるわよ！」

「は？　何言ってんだこの女。ふざけるのもいい加減に……」

一人が私を黙らせようと拳を振り上げて近づいてくる。私は躊躇《ためら》いなく、その人物に魔法を放った。

「シャイニング、雑草！」

「……っ!?」

目の前の男の腕がシュルシュルと緑色の風に包まれ、モシャモシャと生い茂る雑草と化した。

「つまらぬものを生やしてしまったわ」

「ギャァァッッ！　俺の腕が、腕がフサフサにっ！　この女、魔力持ちだ！」

豪奢なテントの中は、蜂の巣をつついたような大騒ぎになった。皆が一斉に外へ逃げ出そうとし、もみ合いになっている。

「逃げられないように、テントの外に壁を作りましょうか」

目立ってはいけないので、私は光魔法で透明な壁を作り、テント全体を覆うように設置した。外から見たら、何が起こっているのかわからないはずだ。

アヴァールは「ああっ」とうめきながら隅っこで小さくなり、顔を覆って震えている。

先輩の女騎士たちまでもが、悲鳴を上げながら透明な壁を叩《たた》いて壊そうとしていた。

「全員、この国で企《たくら》んでいたことについて、詳細まで洗いざらい全部話すのよ！　今までやってきた、地味な悪事も全部ね！」

私は木魔法で、モーター教の幹部たちを捕まえ、彼らの手を拘束していく。

「あ、そうだ。ほかにも聞きたいことがあるのよ。あんたたち、改悪アイテムの武器を持っているでしょ。それを渡しなさい。でないと全員雑草にするわよ」

「もはや腕だけじゃなくなってる！」

部屋の隅から、アヴァールが大きな声を上げて反応した。

そうして、一人のひょろりとした若い司教が、押し出されるようにして、私の前まで歩いてきた。足は自由にしてあるのだ。

「武器、会場へ持ってきたの？」

「うう、はい」

「じゃあ、手の拘束を解いてあげるから、それを渡してちょうだい」

手が自由になった司教は、震えながら上着の下に隠し持った武器を差し出す。

……と見せかけて、突如それを私へ向けた。微妙にうねった形状の、光る剣のような武器は、間違いなくエポカが広めようとしていたものだ。

「……!?」

「消し飛べ！　異端な極悪魔女め！」

彼はそう叫ぶと、至近距離で武器を私に向けて構える。

当初は魔力持ちに武器を使わせるなどと話していたが、この状況下でそんなことを考える余裕もなくなってしまったのだろう。しかし……。

その剣からは、いつまで経《た》っても何も出てこなかった。あたりは沈黙に包まれている。

「どうしてだ!? なぜなにも起こらない!? 残されていた資料によれば、これは強大な力を持った武器のはず……」

困惑する司教に向かって、私は淡々と告げた。

「実はそれ、魔力がある人じゃないと使えない仕様なの。知らなかった?」

この魔法アイテムは、魔力に反応する仕様のもの。使う際、起動に少しの魔力が必要なのだ。彼が以前、魔力持ちに武器を使わせると言っていたのは、ある意味正しい判断だった。その魔力持ちは、この場にはまだ来ていないようでほっとする。

司教は予想外の事態を前に、狼狽《うろた》えていた。

(今の人って、洗礼の時に全部の魔力を封印されちゃっているから……この手の魔法アイテムは全く反応しないのね)

もちろん、起動に魔力を必要としないアイテムもあり、そちらなら魔力のない人でも使うことができる。

だが、この武器は前者だ。体内に魔力がなければ反応しない仕様である。

エポカが以前、レーヴル王国に集めていた兵士たちからは、多少なりとも魔力が感じられた。もともと微弱な魔力持ちなのか、派遣の際にこっそり魔力封じを解かれていたのかは定かではないが……。

「残念ながら、あなたでは起動できないわね」

私は唖然《あぜん》とする司教から武器を奪い取る。

「こんなものは、壊してしまいましょう」

私は改悪アイテムの武器にも、雑草化の魔法をかける。これらは木魔法と光魔法と闇魔法を組み合わせたものだ。物質を変化させ、雑草という形に留《とど》める魔法である。

シュルシュルとアイテムの素材が分解されて、先ほどのモーター教関係者の手と同じように、フサフサの草の塊になった。

ついでに、私はその草の塊を呆然《ぼうぜん》とする司教に返してあげた。雑草なら無害だ。

「そういうわけで、今からあなたたちには、いろいろ自白してもらいます！　嘘をついたりしたら、お仕置きの魔法をかけるわよ」

宣言した私は、「ひいっ」と青い顔になっていくモーター教幹部たちから、一人ずつ話を聞いて、証拠を集めていったのだった。

※

狩猟大会の警備のため、ティボーはおっかなびっくり森の中を歩いていた。この森は木の根が出ていたり、急な斜面になっていたりと歩きにくい。

もともと運動が苦手なティボーにとっては、森の中を進むだけでも大仕事である。

「ふうっ、これは辛《つら》い。皆、歩くのが速いなあ」

一緒に行動しているのは、新人騎士として潜入している仲間たちだ。

高貴な雰囲気のシャールに、考えの読めない双子のフエとバル、今まで接点のなかった不思議な雰囲気のウェス。頼りがいのあるメンバーだが、素性を知らないウェス以外は忍耐力が皆無である。なんなら、無益な我慢なんてしないという強固な意志すら感じられる。

（どうして、そこまで頑《かたく》ななんでしょう。魔法使いって、皆あんなのかな）

彼らのおかげで助かっている部分も多いが、事を荒立てずに済む方法があるのに、毎回大騒ぎに発展してしまうのは困る。

（早く、確たる証拠が摑めればいいのですが）

日を追うごとに、騎士団から抜け出したい気持ちが強くなっている。この先自分が、騎士としてやっていけるとはとても思えない。

何をやっても駄目なティボーは、入団試験のときから、騎士団長に目をつけられている。

そんな自分が、ここで無事に生き残るためには、強い新人たちと一緒に行動するのが一番だ。何故かわからないけれど、団長のガハリエは、シャールたちには直接手を出さないので。

考えにふけっていたティボーは、ふと我に返り顔を上げて叫んだ。

「ちょ、私を置いていかないでください！」

シャールや双子は慣れた様子で、どんどん森を進んでいく。

木こりだからか、ウェスも後れを取らずに彼らのあとに続いていた。

（ぼんやりしているうちに距離が開いてしまいました。頑張って歩いてはいるんですけど）

だが、頑張りだけでは埋められない差がある。

こんな自分に、モーター教の真実を明かすことができるのだろうか。情報が集まるにつれて不安も大きくなっていく。

ラムやシャールたちが手伝ってくれるのは、あくまで調査だけで、この先は自分一人で闘っていかなければならない。

暗澹《あんたん》たる気持ちで、ティボーはシャールたちの去ったあとを追いかける。

（む、無理だ……もう、この速さでは進めない）

ふらふら進んでいたティボーは、一度足を止めることにした。はあはあと息切れがするし、脇腹も痛い。

狩猟用の森は普段から管理されており、馬が通れる広めの道もあった。

（ここを歩いていけば、そのうち合流できるかも。少し休憩してから移動しよう）

大きな木の下に背中を預けて座り込む。狩猟開始までまだ時間があるので、人通りはなかった。

ふと、人の気配を感じ、ティボーは反射的に近くの茂みに隠れる。

すると、団長のガハリエと取り巻きたちが歩いてきた。

（のんびり歩いているのを見られるのは非常にまずいので、隠れていてよかったです）

ティボーはホッと胸をなで下ろす。

そのまま、背の低い木々の間に身を潜め、ティボーは様子を窺った。湿った土に膝をつくと、ズボンに水がしみこんでくる。気持ちが悪い……。

（仕方ない。ここで見つかるほうが面倒かもしれないですから）

シャールたちのいない今、こうやって自分の身を守る他ないのだ。

ガハリエたちは、隠れるティボーに気づかないまま、近くまでやって来て、すぐ目の前で足を止めて喋《しゃべ》り始めた。

（えぇっ、そこで立ち止まるんですか!?　出るに出られなくなってしまった……）

ティボーはさらに息を潜めて小さくなる。

ガハリエはそれに気づかず、機嫌良さそうに高い声で話し続けている。

「あの生意気な新人共も、今日で終わりだ！　今まで嘗め腐った態度を取りおって。後悔するがいい……！」

思いがけず「新人」という言葉が出て、ティボーはハッと反応する。

「あいつが俺の足を短くしたせいで、歩きにくいったらない。何が異性に不適切な行動を取るたびに、足が短くなる魔法だ。セクハラなんてものは、夢見がちな女共の被害妄想だ、付き合ってられん！　本心では喜んでいるくせに！」

取り巻きが、もみ手をしながらガハリエに同意する。

「そのとおりです！　嫌よ嫌よも好きのうちと言いますから。うちの女騎士たちの態度を見ればわかるってもんです。まったく、女は面倒くさい生き物ですよね！」

「うむ、まったくだ。それにしても」

ガハリエはしかめっ面で腕を組み直す。

「面倒な魔力持ちを、あのままにしてはおけん……奴《やつ》らには消えてもらおう。どうせ魔力持ちだ、いなくなっても大した問題にはならん」

ティボーは「やっぱり、面倒な事態になった」と頭を抱えた。事実、この国での魔力持ちの立場はとても弱いのだ。

モーター教が栄える一方で、魔力持ちは当たり前のように虐げられている。

魔力持ち相手なら、何をしてもいいというような風潮さえあった。そんな魔力持ちが反抗的な態度を取ったなら、アンシュ国民の大半は腹を立てて報復に乗り出すだろう。

一般的な魔力持ちは、メルキュール家の人たちのように器用ではないので、騎士団内の多くの者が彼らを脅威とは思っていない。それゆえ、今の団長のような言葉が出てくる。

（だから、あまり魔法を使ってほしくなかったのに。でも……）

自分がラムたちに、魔法で助けてもらったときのことを思い出す。最初は驚いたし、騒ぎになったらどうしようと焦りも抱いた。

（けれど、団長の話を聞けば聞くほど考え込んでしまう。ラムさんたちの選択は……間違っていなかったのかもしれない）

理不尽を拒否して自分の身を守らなければ、奪われていくばかりだ。終《しま》いには、命まで狙われる事態になってしまう。

（このままではいけない。私自身も何かしなければ）

ラムやシャールたちは、ガハリエに比べれば、よほど親切な人間たちだった。彼らのおかげで、ティボーはここまでやってこられたのだ。

隠れたティボーに気づかないまま、ガハリエは尚《なお》も話を続ける。

「幸いここは森で、今は狩猟の真っ最中。仮に飛んできた矢が当たっても、それは狩りに慣れない賓客が引き起こした不幸な事故だ」

どうやら、事故に見せかけて、シャールたちを攻撃する気のようだ。

「本気でやるんですか団長？」

「ああ、命令に従わない新人共を全員片付けてやる。それで、狩猟中の不幸な事故として片付けるんだ。モーター教のお偉いさんが新人を射《う》っても、絶対にお咎《とが》めなしになるからな。騎士団を総動員して取りかかるぞ」

とんでもない話を聞いてしまい、ティボーは腰が抜けそうになった。

（た、大変だぁ！　皆が危ない！）

とんでもない不正が行われようとしている。

（メルキュール家の人たちが、どこまで強いかわからないけれど、このままでは多勢に無勢。もしかすると、彼らが狩猟大会中に殺されてしまうかもしれない。そんなのは嫌だ）

一刻も早く、シャールたちに知らせなければならない。

(でも、ここを飛び出せば、団長たちに見つかってしまう)

怖くなったティボーは、その場で固まってしまった。

(うう、私はどうすればいいんだ)

普段なら、事なかれ主義を貫いて、そのまま隠れ震えていただろう。自分が行っても行かなくても、結果は変わらないかもしれない。

(けど……)

ティボーは茂みから立ち上がった。

(やっぱり、シャールさんたちに危険を知らせなければ！　あれだけのことをしてもらったのに、見捨てるなんて薄情な真似《まね》はできない！)

当然、ガハリエたちはティボーに気づく。

(ひえええっ！　予想どおり見つかった！)

ティボーは足をもつれさせながら立ち上がり、シャールたちの去った方向へ走り始める。

「おい、そいつを捕まえろ！」

ガハリエの命令で、彼の取り巻きたちが飛びかかってくる。必死にそれらを躱《かわ》しながら、ティボーはシャールたちを追いかけた。

(う、今気づきましたが、この人たちをシャールさんのもとへ連れていっては不味《まず》いかも！　し、しかし、襲撃を知らせなければ……ああ、どうしましょう！)

ティボーは混乱した。

（息が苦しい、脇腹が痛い）

走りながら嗚咽《おえつ》が漏れた。悲しくて悔しくて惨めで仕方ない。

自分はなんと非力なのだろう。

（私は皆の情けに縋《すが》って、ただ助けてもらうばかりだった。彼らが派手に魔法を使うことを否定したけれど、それなしでは身を守ることさえできない）

けれど、自分は彼らに、何も利益を還元できていない。一方的な依頼をしておきながら、役に立つことも、便宜を図ることも、何かを手伝うこともしなかった。

（しかも、シャールさんたちがピンチなのに、自分だけ安全な場所で隠れていようか、一瞬でも迷ったんだ、私は……っ、本当に卑怯者《ひきょうもの》の役立たずだ）

そんな人間を誰が仲間だと信用できるだろう。

走っていると、ガハリエの取り巻きの一人の手が伸びて、走るティボーを地面に引き倒した。

「わあっ！」

呆気《あっけ》なく転がり、泥まみれになる。手も足も擦りむいてしまっているのか、酷く痛んだ。

（ひいっ、ううっ……もう駄目だ）

自分まで、事故に見せかけて消されてしまうのかもしれない。

ティボーはガタガタ震えながら、涙がにじむ視界で、自分を押さえつける騎士を見上げる。

（このまま、何もできずに……やられて……）

何もできないまま終わってしまうのだろうか。

（そんなの、嫌だ。どうせ殺されてしまうくらいなら、最後に、この人たちの足止めだけでも……）

ティボー一人では、何もできないと踏んでいるのだろう。油断した騎士が、体を押さえつける手の力を緩めた。

（今だっ！）

細い手足をばたつかせ、ティボーは自分にできる精一杯の抵抗をする。

「私は、私はっ！　役立たずなんかじゃないっ！　少しでも時間を稼いでみせる！」

「あはは、何言ってんだこいつ？　騎士団に来てから、一度でも役に立ったことあったか？」

「自暴自棄になったんじゃね？　いつもお荷物のくせに」

先輩騎士たちはティボーをあざ笑う。

「おい、その辺にしておけ。そいつでも役に立つことがある」

ガハリエの言葉に、取り巻きたちが手を止める。

「団長、役に立つって……何のですか？」

「もちろん、憎たらしい新人共への人質としてだ。それ以外に使い道なんてないだろ？」

それを聞いた手下たちが「たしかに！」と、手を叩いて笑う。

（ああ、この期に及んでも私は他人の足を引っ張ることしかできない）

ティボーは頭が真っ白になった。

※

シャールはすたすたと森の奥へ向かっていた。何やら自分へ向けての殺気を感じ取ったからだ。

(おそらく、騎士団の人間だろう。騎士団宿舎で過ごしている間、何度か同じような殺気を感じ取ったことがある)

撃退して隠蔽するには、人気《ひとけ》のない場所へ移動したほうがいい。どうせ向こうも、そろそろ何かしかけてくる頃合いだろう。

こういうことは昔、メルキュール家の学舎でも経験したので、なんとなくわかった。

騎士団にいると、嫌でも昔のメルキュール家を思い出してしまう。

(本当に、絶妙に似ているな)

ラムと出会い、メルキュール家が変わってから、こういった雰囲気を、以前以上に不快に思うようになった。過去の自分はかなり感覚が麻痺《まひ》していたのかもしれない。

今抱いている微妙な感情を、正気に戻ったと喜ぶべきだろうか。

ティボーは狙われていないようなので置いてきた。近くにいると、自分を狙った嫌がらせや攻撃に、無防備な彼を巻き込む恐れがあるからだ。

いちいち他人を気遣うなんて。まるでラムみたいである。

（以前の私なら、こんなことは考えもしなかっただろうに）

明らかに、彼女がシャールにもたらした変化だった。過去のシャールなら「騎士のくせに、対処できないほうが悪い」と、すっぱり切り捨てていたに違いない。

ただ、現在のシャールが取っている行動に、なんの問題もないとは言えない。なるべく巻き込む人間を減らしたいと考えてはいるのだが……。

ティボーのこととは別で、予定外の事態が起こっているのだ。

シャールは斜め後方を見て、ため息を吐《つ》いた。

赤紫髪で日に焼けた肌の、細身の男が元気よく歩いている。彼は騎士団の入団試験で一番成績の良かったウェスという男だ。職業は木こり……。

（まさか、ウェスという男が、私や双子の歩くペースについてくるなんて。おかげで、予定が狂ってしまった）

実のところ、ウェスもティボーと一緒に置いていく予定だった。彼のことはまだよく知らないし、不確定要素は排除しておきたい。

だというのに、まるで思い通りにならなかった。

（本当に、なんでメルキュール家のペースについてこられるんだ？　かなり速く進んでいるのだが？）

シャールや双子は、厳しい訓練の末に、こういった能力を身につけている。誰もが簡単に真似できることではない。シャールはそっとウェスのほうを観察する。

（この男は、ラムに紹介された、過去の魔法の造形に詳しい人物ということだったが。やはり、警戒しておくべきだな）

とりあえず共に行動しているが、未だウェスの真意はわからないままだった。

シャールたちへの害意は感じないものの、どうして過去の魔法に詳しいのかは、それとなく聞いてみてもはぐらかされてばかりだ。

「シャール様、そろそろ騎士団の人たちも仕掛けてくるのでは～？」

森をしばらく進んだところで、後ろを歩いていたフエが呼びかけてくる。

今いる場所は、ちょうど木々も生えず開けた場所だ。動きやすいし、向こうが行動を起こすにはもってこいの場所でもある。

「ねえねえ。こっちから、喧嘩《けんか》を売ってくる騎士団の奴らを撃退しちゃう？」

バルは乗り気だ。彼の性格なら、これまでの生活でさぞかし鬱憤をためていただろう。

そろそろ発散させてやらなければならない。シャールは頷いた。

「ああ、そうだな。ここで迎え撃とう」

だが、一つ問題がある。

「……あの男はどうする」

ちらりとウェスを見ながら、シャールは小声で言った。

一緒にいれば、無関係な彼まで巻き込んでしまうのは明らかだ。

「そもそも、どうやって騎士共を撃退するかも悩みどころだ。私はまだ隠蔽の魔法が不得手だし、やりすぎたら問題が大きくなってしまう」

今回は調査として他国に潜り込んでいる身のため、大規模な魔法で相手を殲滅《せんめつ》する方法は取れない。そんなことをすれば、国際問題待ったなしだ。

ただ、細々と大勢の騎士の相手をすることになれば、ウェスは足手まといになるかもしれない。

彼の実力は未知数だが、今のところ魔法は使っていないので、戦力として当てにしないほうがいいだろう。

「フエ、お前は万一に備えてウェスの護衛を。私とバルで騒ぎにならない程度に暴れて、騎士共を片す」

「はーい、シャール様。うんうん、守りは大切ですよねえ」

安全な後方での護衛任務なので、フエは楽ができそうで喜んでいる。

すると、これまで黙っていたウェスが口を開いた。

「せっかくの厚意だけれど、俺に気を遣ってもらう必要はないよ。自分の身くらい守れるから。少なくとも、あんたらより強いはずだ」

「……聞こえていたのか」

シャールはウェスのほうを振り向く。

小声で話していたし、普通では聞こえない距離だ。魔法でも使わない限りは。

（……使っていたんだな）

だとしても、自然すぎてわからなかった。

喧嘩っ早いバルが、挑戦的な目でウェスを見る。

「へぇ、そんなに魔法の腕に自信があるんだ？　どれほどの実力なのか見たいなあ」

彼は他人を挑発しがちだ。そのせいで、ラムに酷い目に遭わされたことは、既に忘れてしまっているらしい。

（あれほどの実力者はなかなかいないから、無理もないか）

だが、今、喧嘩を始められても困る。

「こらバル。騎士団を迎え撃つのが先だ」

シャールがやんわりと止めると、バルは不満げにしながらも頷いた。

「はいはい。一人残らずやっちゃって大丈夫？　騎士団としての任務——要人の護衛に支障をきたさない？」

「護衛対象が『自称』モーター教幹部なら問題ないだろう。モーター教はもう存在しない。つまりあれらは、ホラを吹いてアンシュ王国に居座っているだけの、モーター教を騙《かた》った詐欺集団だ」

「わぁ、国を相手に集団詐欺を働くなんて。すごいなあ！　大悪人だ！」

バルはわざとらしく、はしゃいだ声を上げた。

「それより、心配なのはラムだ。以前より落ち着いていたが、何かが引き金になって取り乱してしまう可能性も捨てきれない」

「そうなった場合、奥様は派手にやらかしそうだよねえ。臭い毛玉事件や、ドリアン司教事件が頭をよぎるよ」

「テット王国では体面のため、ラムの暴挙は大っぴらに広められていないが、それでも知っている者の間では噂《うわさ》になっている。アンシュ王国では大騒ぎどころでは済まないかもな」

噂をしていると、不意に知った魔力の気配がし、目の前に当のラムが転移してきた。

緑の髪をなびかせ、騎士服のラムがこちらを振り返る。

双子がいち早く声を上げた。

「あ、奥様だ」

「どうしました？　急ぎの連絡です？」

フエの問いかけに、ラムは「いいえ、任務完了の報告よ」と笑顔で返す。向こうはもう片がついたようだ。

ラムは口をもぐもぐ動かしている。何か食べてきたようだ。

（臭《にお》いから察するに、ドリアンか……？）

もしかすると、賓客用にドリアンが提供されていたのかもしれない。高級食材のため、騎士団宿舎の食卓には、ついぞ上らなかったのだ。

そのせいでラムは酷くがっかりしていたが、無事にドリアンが食べられたのならよかった。

「食事中のところ悪いが……ラム、モーター教のやつらと、例の武器は……？」

「解決してきたわ。あっちが片付いたから、こっちが心配になって見に来たの」

「早いな。それで、ティボーの言っていた証拠は？」

「ばっちりよ。女性騎士の仕事はモーター教の人たちの接待だったから、簡単に相手に会えたし、思ったより上手くいったと思う」

「接待……?」

「経費削減のために、ここでは女性騎士が接待要員も兼ねているんですって」

「それは……アンシュ王国は、さほど貧しい国ではないはずだが……まさか団長あたりが騎士団に支給された金を横領しているのか?」

そういえば、日頃から、彼だけやたら高級な酒を飲んでいた。街へ出てギャンブルもしていたようだ。

おそらく、侯爵令息なので、誰も彼を止められなかったのだろう。

「それで、シャールのほうは大丈夫かしら? バルが殺気立っているけど……」

「あれは別の理由だから大丈夫。予想どおり、団長を中心とした騎士団の連中に不穏な動きがあった。私に報復する気のようだ」

「団長も懲りない人ね」

「概《おおむ》ね予想どおりだが、巻き添えにならないよう、ティボーは一時的に引き離してきた。奴らの一番の狙いは私のようだから」

「歓迎会の仕返しかしら? 魔法をかけた団長の足、とっても短くなっていたものね。自業自得なのに」

「まったくだ。不用意な行動をとらなければ、ああならずにすんだのに」

「かなりハードにセクハラしないと、あそこまで短くならないわよねえ」

「……ハードだったんだろ。あんなことになると知っていたら、魔法を使う際にもう少し手加減していた」

今や騎士団長のガハリエの外見は、とんでもない変化を遂げていた。

彼の足は、今では元の膝下くらいの長さしかない。さらにはラムの魔法で胴が伸びに伸び、減った身長を補っていた。つまり、とても足が短くて胴の長い姿になっている。

普通に歩くのも大変そうだ。ラムの魔法の効果で、声も小鳥のように高い。

だというのに、ガハリエは周りへの迷惑行為を一切やめないのである。ある意味、意志を曲げないすごい男だ。

「本人が、無自覚なのかも」

ラムの言葉が少し耳に痛い。

以前の自分も無自覚に、それまでの自分の人生観で物事を測っていたので、メルキュール家の価値観が当たり前のものだと思って行動していた。ラムに指摘されるまで、それに気づきもしなかった。

ただ、指摘されても、それを受け入れる者ばかりでないこともわかっている。自分だって、あのとき、あのタイミングでなければ、ラムの指摘を無視していたかもしれない。

「シャール、団長たちを止めるなら手伝うわ……あ、蹄《ひづめ》の音……」

ラムの言うように、複数の蹄の音が徐々にこちらへ近づいてくるようだ。

「思ったより早く向こうが動きだしたな。噂をすれば、騎士団長たちがやって来たようだ」

ここは開けた場所なので、向こうも気づきやすい。

そのうち、あちらから何か仕掛けてくるだろう。向こうが見つけやすいように、シャールたちは、敢えて目立つ場所に立っている。

すると、しばらくして、茂みのほうから、ヒュンッと複数の鋭く風を切る音が聞こえてきた。

（来たか……）

同時に自分の体に何かが当たり、コロンと地面に落ちる。屈《かが》んでそれを拾うと、予想どおりのものだった。

「矢だな。狩猟大会で使用される特注品のようだ。魔法で防げたからいいものの、こちらが倒れたら、賓客が起こした事故として処理するつもりだったのかもしれない」

同じことを思ったのだろう。同じく矢を浴びたフエとバルが不満そうに口を開いた。

「こそこそ隠れて不意打ちなんて、やり方がセコいですね。姿くらい現せばいいのに」

「本当だよ。厳《いか》つい図体《ずうたい》のやつらばかりなのに、みみっちいことするなぁ」

「うんうん。うんうんうんうん」

ラムまで交じって頷いている。

いずれにしても、こちらがやることは決まっていた。

矢が飛んできたほうへ目を向けると、予想どおり、茂みからぞろぞろと騎士団の面々が姿を現す。

その中心に腕を組んだ団長のガハリエがいた。

そして、彼の前には何故か縄でぐるぐる巻きにされた、ティボーの姿もある。彼は騎士団員たちにドンと押され、ベショッと地面に転がった。

（まさか、捕まったのか……？　鈍《どん》くさい奴）

双子も同じことを思ったようで、「あちゃぁ～」と苦笑いを浮かべている。

「騎士というのは、もっと高潔なものかと思っていたが？　人質まで用意するなんて、随分と余裕がなさそうだ」

シャールの言葉に、ガハリエは馬鹿にしたような笑い声を上げた。

「ガハハ！　これだから新人は青い！　そんなことで、騎士団をやっていけるわけがないだろうが！　この新人の命が惜しければ余計な抵抗をするな。お前たちが奇妙な魔法を使った瞬間、こいつの首は飛ぶと思え」

ティボーは拘束された状態で、真っ青な顔になっていた。

「足手まといがいたことが、徒《あだ》になったな！　お前たちはここで終わりだ！」

終わりも何も、勝てる要素しかない。人質がいたところで、魔法を使えば同じだ。

（他にもっと方法があるだろうに。人質を取るという安直な方法に走ったのが、向こうの落ち度だな）

つくづく残念な男だ。

だが、そのとき、転がっていたティボーが、拘束されたままの体で、ゆっくり立ち上がった。大した脅威ではないと判断しているのか、騎士たちはそんな彼を放置している。

すると、ティボーは誰もが予想しなかった意外な行動を起こした。腕を動かせないながらも、ガハリエに頭から突っ込んでいったのだ。

「私は足手まといじゃない！　うわぁぁぁぁーーーーっ！」

大きな声を発しながら、ただ前進する。

ティボーの頭が、ガハリエの長い胴に当たり、彼の短くなった足がバランスを崩した。

「うおっ!?」

ずどんと音を立てて、ガハリエが後ろ向きに倒れる。そんな彼の上に、勢い余ったティボーが
「くらえっ！」と、ダイブし、さらに暴れた。

「ぐえっ！」

「……私だって、私だって、皆さんの役に立ってみせる！」

頑張って起きようとするガハリエだが、魔法のせいで体のバランスが悪くなり、なかなか立ち上がれないでいる。

（やるじゃないか）

どうしたものかと考えていると、これまで黙っていたウェスが前に出た。

「ティボー、あんた、やればできる奴だね。残りは面倒だから、俺が片付けるよ」

ウェスは一瞬にして、魔法でティボーをこちらの足元に転移させた。

「これは……」

彼の魔法はラムがシャールたちに教えてくれた、五百年前の魔法そのものだ。

（五百年前に失われた転移魔法を知っているだけでなく、使用できるのか？　もしやと思っていた

が……この時代に、ラム以外にも過去の魔法を使える奴がいるなんて）

シャールは信じられない思いで、目の前の風景に釘付《くぎづ》けになる。

（嘘だろう……？）

ウェスという男は、何者なのだろうか。警戒が必要である。

まだシャールたちは何もしていないが、ガハリエはティボーに倒され、そのティボーは保護できた。

（残りは、取り巻きの騎士たちをなんとかするだけだな）

すると、ウェスが手を伸ばし、キラキラ輝く魔法を連続して放つ。

彼はその魔法で、騎士団員の武器を全て花に変えてしまった。

「なんだこれは……花!?」

騎士たちからは、裏返った声の情けない悲鳴が上がる。

（物質を変化させる魔法。木魔法をベースに、光魔法や闇魔法を融合させた複雑な魔法だ）

シャールはラムから学んだので、その魔法を知っていた。

しかし、扱いは難しく、花が咲いた状態を維持するのにも繊細な魔力操作が必要になる。

（ラムはこの魔法を、彼女の師から学んだと言っていたが、それをどうして、こいつは普通に使えるんだ？）

わからないことだらけだ。

向こうでまたガハリエが起き上がろうとしているのに気づいたウェスは、一足飛びで彼に近づき、肩にぽんと手を置いた。

「はい、あんたはこれで詰みね」

すると、ガハリエの足がヒュンと縮んで、足首しかなくなってしまった。これでは長い体を支えきれず、一歩も歩けそうにない。

ガハリエはウェスにつかみかかろうとして足をもつれさせ、その場にバタリと倒れてしまった。そうして起き上がれないまま、高い声でキーキー騒いでいる。

「こういうときは、一番権力のある相手を戦闘不能にするのが早いね。さて、残りの騎士たちも、ついでに片付けてしまおうか。二度と不届きな真似ができないようにね」

これまでの仕打ちに、ウェスもまた憤っていたのだろう。彼はひっそり微笑むと、彼らの真下にある地面を隆起させた。森が不気味な空気に包まれ始める。

近くに生える木々がうぞうぞとうごめき、今にも騎士たちを呑《の》み込もうとしているようだ。それを感じ取ったのか、騎士たちが「ひいっ」と、悲鳴を上げる。

「いいね、それ、楽しそう」

いつの間にか、バルもウェスを手伝い始めている。切り替えが早い。

彼らは騎士たちの足元を、ドロドロのぬかるみに変えてしまった。これでは、泥に足を取られて逃げられない。

「私も手伝います～」

普段は面倒くさがりなフエまで、楽しそうに便乗している。双子もかなり、これまでの仕打ちに腹が立っていたのだろう。バルはともかく、フエは意外と根に持つタイプだ。

「た、助けてくれ～！」

ぬかるみに沈んでいく騎士たちの上から、森の木々が迫る。近くにいたガハリエまで巻き込まれていた。

「……だってさ、どうする？」

バルは、フエとウェスに目配せする。

「そうですねえ、今後悪さをしなければ、助けて差し上げても構わないのでは？」

フエはわざとらしくもったいぶった。

「うん、俺も賛成だ」

ウェスも彼に同意するように頷く。

「じゃあ、これを機に、騎士団を改革するのはどうかしら」

後ろからラムも口を挟んでいる。

それを聞いたバルが、面倒そうに口を尖《とが》らせた。

「奥様、簡単に言うけどさあ……」

「学舎を改善したみたいに、騎士団も変えられない？」

「できるかもしれませんが規模が違います。学舎より時間がかかるでしょうねえ。俺たちもこちらにつきっきりになるわけにはいきませんし」

フエも困ったように微笑む。

「そうなのね。ウェスも騎士団にいるつもりはないみたいだし。いまここにいる騎士たちに関しては、お仕置き魔法でなんとかしましょうか」

「お仕置き魔法って何？　初めて聞いたけど……」

ラムは、不思議そうに尋ねるウェスに答えた。

「こんな感じよ。シャイニング……ええと、踊り！」

言うと、彼女はぬかるみの魔法を解除し、一定時間躍り続ける魔法を騎士たちに放つ。

（明らかに、今、適当に思いついてつけた魔法名だが）

何故か彼女は、いちいち魔法に名前をつけたがるのだ。

瞬間、ラムの魔法にかかった者たちは、一斉に奇妙な動きで踊り始めた。

倒れていたガハリエまで強制的に起き上がって、短い足でステップを踏んでいる。

城で行われているようなダンスとは違い、庶民が騒いで踊る類いのものに見える。

シャールはなんとも言えない気持ちで騎士たちを見た。

（一体どこの踊りなのだか）

ラムのことなので、五百年前のダンスという可能性もあった。

「あなたたちには、心を入れ替えてもらうことにするわ。今日、自分が犯した罪を全部、王宮の人たち……いいえ、王都の国民たちに正直に告白するのよ。もし実行しなかったり、嘘をついたりしたら、真実を告げるまで、毎日お昼に三時間踊り続ける羽目になるわ」

相変わらず、ラムの考えることは予想の斜め上を行く。

「ラム、例のアイテムを使えば済む話だろう？」

「あ、そうだったわ」

不意にラムは騎士服のポケットから、とある魔法アイテムを取り出した。

掌ほどの大きさの四角い箱形の、透明な空中に浮かぶ物体。

これは五百年前に存在した、景色や音を記録する魔法アイテムらしい。記録した景色を空中に映し出したり、音声を流したりすることもできるそうだ。

前世では、王宮内で行われる会議の記録や、演劇の演出効果を高めるのに使われていたという。

ラムはこれまで、メルキュール家であまりアイテムを作っていなかったが、これを機に、本格的にアイテム作りにも取りかかろうと意欲を見せていた。

この箱形のアイテムも、モーター教幹部の話を聞いたラムが、証拠を残すためにせっせと作り上げた一品である。なんとか狩猟大会に間に合った。

材料はエペやフレーシュに頼んで急遽《きゆうきよ》用意してもらったらしい。二人の弟子は、王族と自称商会長なだけあり、魔法ですぐ必要なものを転送してきたのだった。

「今から正直に罪を告白した人は、魔法を解いてあげる。さあ、自分のやったことを話すのよ」

ラムは騎士たちに呼びかける。

最初は抵抗していた騎士たちだが、一人、また一人と踊りから解放されたい者たちが現れた。

「もともと、団長のやり方には反対だったんだ。でも、貴族だから逆らえなかった」

「ああ、命令されることはめちゃくちゃだし。無茶をしてなんとかやり遂げたら、褒められるどころか、次からはそれが当たり前になるんだ」

「俺もだ。最初は嫌で仕方がなかったけど、ここでのやり方に染まるしかなかった」

正直に罪を告白し、魔法を解除されて自由の身になった仲間を見てからは、残る全員が自分も罪を告白すると訴え始める。ただ一人、団長を除いて。

ラムはそんな彼らから事情聴取をし、魔法アイテムに記録していく。気の毒に思う部分もないではないが、罪は罪だ。殺されそうになった当事者としては、このまま無罪放免にするわけにもいかない。

しばらくして、団長以外全員の話を記録し終えたラムは、得意げにアイテムをシャールの眼前に掲げた。

「シャール、事前にモーター教側の証拠は集めたわ。次は、大々的に公表しないとね。ついでに騎士団の悪事も広めてしまいましょう」

「ああ。広めるのは、ティボーの役目だがな」

もともと、そういう依頼だった。

「そうね。でも、ティボーに全部任せてしまって平気かしら」

「お前の言いたいことはわかる」

正直、ティボーは繊細で頼りなく、心配な部分も多い。

だが、シャールは、彼なら大丈夫だと確信していた。

「騎士団に入った当初のティボーは心配だったが、今のあいつなら大丈夫だろう」

一人で騎士団員に立ち向かっていく覚悟のある人間だ。きっと、目的を達成するだろう。

「厳しいあなたがそう言うなら、信用できそうね」

ラムは眩《まぶ》しそうに目を細め、シャールのほうを見上げて笑った。シャールは彼女のこの笑顔に非常に弱い……。反射的に手を伸ばして抱きしめたくなる衝動を抑え、「きっと上手くいく」と、平常心を崩さないよう意識しながら頷いた。

話が落ち着いたところで、騎士たちのほうから、団長の甲高い罵り声が聞こえてきた。

彼はまだラムの魔法にかかったまま、珍妙極まりないダンスを踊り続けている。

ほかの騎士たちは意思が折れてしまったのか、魔法を解かれたのに浮かない表情だが、団長のガハリエだけはまだまだ元気そうだ。

そんなガハリエを見て、ラムが憤慨しながら告げた。

「ガハリエ団長ったら、まだ懲りていないのね。行動を改める気もないなら、こっちにも考えがあるわよ」

このままだと、また同じことを繰り返すと判断したようだ。シャールも同意見である。

しばらく考えていたラムは、やがて何かを思いついたようで「そうだ！」と、元気な声を上げて瞳を輝かせた。

「団長には、私の知り合いの商会で社会勉強をしてきてもらうわ！　他人と助け合って生きることを覚えるのよ！」

その言葉を聞いたシャールは、なんとも言えない気持ちになった。

（とんでもないことを言い出した。知り合いって、あの一番弟子のことだよな？　あそこは商会ではなく、明らかにマフィアの巣窟だが……）

一番弟子のエペは、ラムの言うことなら、すんなり承諾するかもしれない。

（だが、あのならず者の集団の前にガハリエを放り出すなんて……いや、意外といい案かもしれない）

自分より凶暴で強い集団の中で揉《も》まれれば、奴も現実を知るだろう。たぶん。

考えているうちに、ラムは勝手にガハリエを、転移魔法でレーヴル王国へ飛ばしてしまった。

彼女の魔法を目にしたウェスはというと、興味深そうに残った騎士たちを観察している。

騎士たちは死んだような表情のまま、その場で蹲《うずくま》っていた。

「条件付きで他人を踊らせるのは、新種の魔法だな。初めて見た」

ウェスが気になるのはそこらしい。

対するラムはと言うと、こちらも興味深そうに隆起したままの、森の地面を見つめている。彼女はどこか驚いているようにも感じられた。

「この魔法、私、見たことがあるわ」

「お前のことだから、ほとんどの魔法の知識はあるのでは？」

気になったので、逆に問いかけてみる。

「違うの、この魔法はね……」

ラムはどこか緊張した面持ちでシャールを見つめた。

「私の師匠の、オリジナルの魔法なのよ。私は五百年前、師匠が魔法を編み出した現場を見ていたから、知っているわ……彼女以外に使っている人には会ったことがないの」

彼女の師であるフィーニスは、魔法知識に優れた長命種のエルフィン族だったという。

だが、ラムが一人前になるのと同時に姿をくらました。

同じくエルフィン族だったエポカという男を倒したあと、ラムはフィーニスを探したいと言い出し、シャールもそんな彼女に協力したいと望んだ。

(こんなにも早く手がかりが見つかるとは、思ってもみなかったが)

ラムも酷く動揺している。

「ね、ねえ、ウェス。ちょっと聞きたいんだけど、その魔法はどこで覚えたの？」

「……俺が答えれば、そっちも教えてくれるの？　どうやって、現代の環境下で魔法知識を得たのか。過去にモーター教がほぼ全ての有用な魔法をこの世から消した。あそこの聖人でもなければ役立つ魔法なんて使えないはず。でもあんたらは、聖人って感じでもないし、モーター教徒と敵対しているようだ」

やっぱり、この男は現代の魔法が、昔よりも廃れていることを知っているのだ。ラムの魔法が、一般には周知されていない類いのものであることも。

(どうするべきだろうか)

シャールは悩む。

だが、その横で、ラムはあっさり「いいわよ」と答えてしまった。

「おい、ラム」

「隠すようなことではないし、万一不都合が生じれば、そのときに対応すればいいわ」

「しかし……」

「師匠の手がかりになるかもしれないもの。ウェスの話を少しでも聞いておきたいの」

ラムの希望はできる限り叶《かな》えてやりたい。彼女は師であるエルフィン族に、とても会いたがっている。

（ラムを止めるのはやめておこう。何かあれば、私が防げばいい）

ひとまず、シャールはラムに向かって頷いた。

ウェスのほうも納得した様子だ。

「あのね、ウェス。信じないかもしれないけど、私の師匠はね、エルフィン族だったの。エルフィン族ってわかる？　現代では通じないかしら？」

「いや、わかる」

真面目な顔でウェスは頷いた。

「へえ、現代にもいるのね。私が師匠に魔法を教わったのは五百年前なのだけれど。紆余曲折あって、魔法で現代に転生しちゃったの。だから今でも、昔の魔法を使えるわけ」

「そうか。嘘を見破る魔法が反応しないということは、事実なんだろうね。俺の魔法に別の魔法を上書きして消したという線もあるにはあるけど」

いつの間に嘘を見破る魔法なんて使っていたのだろうか。やはりウェスという男は侮れない。

「魔法の書き換えなんて、まどろっこしい真似はしないわ。あなたが相手なら、どうせバレちゃうし」

「そっか、ならいいんだ。それにしても、転生魔法の成功例なんて初めて聞いた。とても興味が湧く話だね、詳しく聞いても?」

「その前に、あなたはどういう経緯で魔法を覚えたの? 私が見たところ、あなたの魔法もエルフィン族が使っていたもののように思えるわ」

「俺の師匠もエルフィン族なんだ。だからだと思う」

「なっ……そうなの!? エルフィン族に師事する人間って、知られていないだけで実は多いのかしら?」

ラムは驚きに目を見張る。無理もない。

滅多に人前に姿を現さないエルフィン族は、大変希少な存在だ。それに、彼らが見られたのは、遥《はる》か昔だと言われている。

(あの三番弟子の言うとおり現代にも存在していたのだな。だとすれば、ラムの師に当たるエルフィン族にも会えるかもしれない)

シャールがラムを見ると、彼女もこちらを向いて頷いた。そして、何かを思い出した様子で、慌てて声を上げる。

「あっ! そろそろ戻らないと、モーター教のお偉いさんたちをそのままにして出てきてしまったから。あの人たち、未だテントの中で踊り続けているわ……」

「まさか、あの変な魔法を向こうでも使っていたのか!?」

「ええ、証拠を集めたあとも騒がしくしたり、女性騎士に不埒《ふらち》な真似をしようとしていたから。仮にも聖職者なのに困ったものだわ」

「そうか……」

どうして、もっとまともな魔法にしなかったのだろう。現場の酷い光景が、簡単に頭に浮かんできてしまう。

(いや、ラムに言っても仕方ないな。ひとまず、この森から出よう)

話を中断したシャールたちは、全員で元モーター教幹部がいるというテントへ急いで転移した。

※

私たちがテントに戻ると、中は大わらわになっていた。

もみくちゃになって踊りまくる元モーター教幹部たち、彼らの手はフサフサした雑草と化している。そんな彼らの踊りを止めようと必死の先輩女性騎士たち。

誰かに呼ばれたのか、城のお偉いさんも数人集まっている。彼らは透明な壁の外から唖然とした表情を浮かべてテントの中をのぞき見ていた。

「わあ……」

「混沌《こんとん》としているねえ」

テントの端に立ち、踊る人々を眺める双子が、続けざまに感想を漏らす。

私が戻ってきたことに気づいた班長が、さっそくつかみかかってきた。

「ちょっと、あんた！　どこに出かけていたの!?」

女性騎士がテントから自由に出られるよう魔法を調整したが、彼女はまだ中に残っていたようだ。

「ふざけんじゃないわよ！　これ、なんとかしなさいよ！　どうなってるのよ！　こんな大問題を起こして、私の監督責任になっちゃうじゃないの！」

彼女は長い髪を振り乱し、キンキンした声で苦情をまくし立てる。

「あんた、私の将来を潰す気なの!?　せっかく班長という役職をもらったのに……これをもらうのに、どれだけ苦労したか！」

そう言われても、過去の内情を知らない私には何も答えられない。

「これじゃあ騎士団にいられない！　どうしてくれるの!!」

いつにも増して余裕がなく、必死の形相を浮かべる班長が気になったので、私は彼女に問いかけてみる。

「何もあなた一人の責任にはならないでしょう？　そもそも、集団詐欺を働いたこの人たちが悪いんだし」

「それでもよ！　こういうとき、都合よく首を切られるのは、大して実害のない女性騎士なのよ！　簡単に罪を被《かぶ》せて追い払えるから！　班長なんて名ばかりの役職だし、すぐに代わりが見つかるしね！」

やけくそ気味の班長の言葉に、数人の先輩女性騎士たちも深く頷いている。彼女たちの中では、当たり前の常識みたいだ。

「そうよ、班長の言う通りよ。私たちはここで生きていくために、これまでずっと理不尽な扱いも我慢してきたの。それがここで生き残る道だから。敢えて、国の上層部や男性騎士たちに好かれるように振る舞ってきたわ……それなのに、なんであなたは騒ぎを大きくするの!? 組織に馴染《なじ》めるように努力しなさいよ。やる気あるの!?」

残りの女性騎士たちも、「そうよ、そうよ」と、全面的に班長たちに同意している。

アンたち新人騎士は、その後ろで困惑しながら私に目を向けていた。

だが、すぐに何かを決意した表情で、揃ってこちらへ歩いてくる。

「せ、先輩たちは間違っています！　そんなの、努力じゃないです！」

「あなたたちがそんな風に周りを促すから、職場の環境が一向に良くならないんじゃないですか？　あと、皆さんが理不尽に耐えているからって、新人を虐めていい理由にならないと思います！」

だが、先輩騎士たちは、その言葉に反論する。

「あんたたちは、まだ来たばかりで何も知らないから、そんな暢気《のんき》なことを言っていられるのよ！　私たちだって、最初はそうだったわ！　でも、青臭いことばかり言っていたら、ここではつまはじきにされるの。残りたいなら、周りに合わせなきゃ……」

「そうよ！　もう仕事に生きるよりも、上手く波風立てずに生きて、お金を持っていそうな相手と結婚するほうへ考え方を変えたわ！　だから、こんなことで経歴にケチがついたら、どこにも嫁げなくなって困るのよ！」

私は複雑な気持ちで、女性騎士たちの言葉を聞いていた。

（やっぱり、彼女たちもまた、声を上げられず苦しんでいたのかしら？　後輩いじめについては論外だし許せないけど……このまま放り出すのも、私が原因で女性騎士たちの人生を壊してしまったみたいで後味が悪いわ）

一番悪いのは、彼女たちを便利に使って切り捨てる側だというのはわかっている。

しかし、元モーター教幹部の暗躍や国の上層部の悪事が大っぴらになったら、皆の目はそちらのほうに向き、切り捨てられた女性騎士への救済は後手に回るだろう。その間、路頭に迷う人が出てくるかもしれない。

そもそも文化として、アンシュ王国全体でこのようなことが当たり前にまかり通っている可能性もあり、その場合は、役目を全うできなかった女性騎士の側が責められる事態になりそうだ。

利用され、切り捨てられ、罵倒される。

これではあまりに女性騎士が浮かばれない。一朝一夕で皆の価値観をどうにかできるものではないが、それでも、可能な方法で手を差し伸べたいと思う。

（テット王国でも、場所によって似た雰囲気はあったものね。女性騎士がいるだけ、アンシュ王国のほうが職業選択の幅は広いのかもしれないわ）

そもそも、テット王国では、女性が働くこと自体が稀《まれ》である。

仮に働いていてもそれは、裕福な家に雇われた使用人や、家族経営の小規模な宿屋や商店、農民や一部の職人などの場合が多い。

（今より五百年前のほうが、皆自由に働けていたかも）

それは魔法があったからという理由が大きいかもしれない。魔法は男女の体力や腕力の差を埋めるものだったので。魔法を使える人の多くは、働きたい場所で働けていた。

（現在の世界で、女性騎士がアンシュ王国より自由に働ける場所となると……レーヴル王国かしら）

実はフレーシュの治めるレーヴル王国にも女性騎士はいる。アンシュ王国よりその数は多い。そして、彼女たちは真面目に騎士として日々訓練し、王宮内や街の治安を守るために働いていた。

フレーシュが王になってから、さらに魔法騎士なるものが誕生している。こちらは男女問わず、魔力持ち、またはモーター教解散後に魔力の封印を解いた者が中心となって働いていた。

「いろいろ不満があるようだけど、要は今の待遇に満足できていないのよね？　真面目に働く気があるなら、他国の騎士になってみたら？　関係者に知り合いがいるから、入団試験の口利きくらいならできるわよ」

ここの女性騎士は総勢二十名にも満たないし、試験を受けるくらいなら大丈夫だろう。

私の話を聞いた班長が、「はあっ!?」と、甲高い声を上げた。

「外国に行ったって、上手くいく保証なんてないでしょ？　簡単に言わないで！　ここには、騎士団にしか居場所がない人だっているの。アンシュ王国民の若い女なら誰でも採用されるからね。最低限、自分の食い扶持《くぶち》は稼げる」

「でも、女性騎士でも、きちんとそれらしく働ける場所はあるわよ」

「そんな遠くに行けるわけが……」

班長がそう言いかけたときだった。一人の先輩騎士が前に歩み出てきた。

「そんな場所が本当にあるのなら、私、行ってみたいわ。男爵令嬢の班長と違って、私はしがない平民の出だから、ここをクビになったら生活できないの。次の仕事を探すまで、貯金だけで過ごすのは難しいわ」

「ちょっとあんた、裏切る気!?」

班長が叫ぶ。

「私も昨年採用された騎士だけど、そろそろここの同調圧力にもうんざりしていたところ。どうせ辞めるつもりだったから、同職種での採用なら受けてみたい」

一人が言い出すと、ほかの女性騎士も彼女に便乗して声を上げ始めた。

「私も貴族に逆らえないから、ここでは黙って言うとおりにしていただけ。食事と住む場所には困らないし、耐えてさえいれば、いつか報われると思っていたのに……散々利用されて切られるのだったら、最初から好きに生きていればよかった！　アンシュ王国は外との交流がほとんどないけど、外国に結婚相手を探しに行くのもいいかもね！」

「外国に行くのは怖いから私は国に残るわ。でも、騎士団は辞める。いい結婚が望めないなら、ここにいる意味なんてないもの！」

彼女たちは半ばやけくそ気味に、それぞれの思いを語る。

もともと感じてはいたが、やはり女性騎士同士の結束は強くないようだ。ぼろぼろとそれぞれ本音が出てくるが、目指す方向も全員バラバラだ。

「あんたたち、私を裏切るなんて……いままでよくしてやったのに許さないわよ！」

味方が一人二人と剝がれ、班長だけが一人焦っていた。

だが、彼女の側《がわ》につく人間は少数で、初日に私に直接絡んできた数人だけだった。

おそらく班長の取り巻きで、一番恩恵を受けていたメンバーだろう。

「班長がよくしていたのは、騎士爵のご令嬢と、商会長の娘……つまり、そこの人たちだけですよね？　私は特に恩恵は受けておりません。とはいえ、班長、今までお世話になりました。私たちはここを出て行きます」

ずっと寝食を共にしていたメンバーだが、瓦解するのはあっという間だった。

私も、呆気にとられてしまう。ついに、班長が泣き出した。

「何よ！　私だって、騎士団なんかで働きたくないわよ！　どんなに頑張っても女性は班長止まりだし先がないもの！　でも侍女になるのは狭き門で、別の選択肢がないのよぉ！　うちは男爵家だけど裕福じゃないし娘ばかりが多いから、持参金が足りなくて、三女以下は全員働きに出ないといけないの！　高位貴族狙いで団長に近づいていただけだし！　じゃなければ誰があんなモラハラ男と親しくするものですか！」

ずっと班長の態度を不思議に思っていたが、彼女自身にも思惑があったらしい。

（地位だけが目当てで、団長が好き……というわけではなかったのね）

私の予想は外れてしまった。

でも、仮に班長の思惑どおりに団長と結婚できても、そのあとの生活を考えると大変な気もする。なんせ、あの団長と一生共に暮らさなければならないのだから。

いずれにしても、今私にできるのは皆に新たな道を示すことだけだ。

「もし、試験に興味がある人がいたら、あとで私に声を掛けてちょうだい」

それだけ伝えた私は、続いて、先ほどから後ろで騒いでいるアヴァールに目を向けた。

激しく踊るアヴァールは私に気づき、器用に踊りながら怒鳴り散らしている。

「この悪徳魔女め！　魔力持ちの分際でモーター教の有力者をこんな目に遭わせて、ただで済むと思うな！　アンシュ王国の方々、こいつです！　こいつが我々を苦しめる諸悪の根源なのです！今すぐ引っ捕らえてください！」

アヴァールは、アンシュ王国のお偉いさんらしき人たちに向けて吠《ほ》えていた。

「この女は元教皇を唆した極悪人でもあり、モーター教の解散にも嚙《か》んでおります！　このままだと世界の秩序がめちゃくちゃに……」

「なーに適当なことを言っているのよ。あんたのほうがよっぽど極悪じゃないの」

自分の無責任な命令が、どれだけメルキュール家を苦しめたと思っているのだろう。

未だに反省していないなんて、とてもとても残念だ。

私は透明な魔法の壁を消し、アンシュ王国のお偉いさんたちに告げる。

「それで、あなたたちは、ここにいる元モーター教幹部の言い分を全て信じているの？　あと、モーター教の解散については知っているのよね？　どうして嘘をついているの？」

アンシュ王国のお偉いさんの中には、国王らしき人と大臣らしき人もいた。派手な格好の大臣が、国王より目立ってしまっている。

（この人たちがティボーを嘘つき呼ばわりするよう命じたのかしらね？）

彼らを始めとしたアンシュ王国の人々は、私を非難の目で睨《にら》んでいる。こちらよりも、アヴァールに味方したいようだ。

「そこの女、モーター教は解散などしていない。適当なことを言うな！」

一番前に歩み出た大臣が告げると、後ろの人々も「そうだ、そうだ。ニーゼン様の言うとおりだ！」と同意し始める。

どうやら、大臣であるニーゼンの意見に、アンシュ王国の上層部は全面的に同意しているみたいだ。

もともとモーター教の解散を、なかったことにしていた人たちなので、真実に重きを置いていないのだろう。

「何言ってんの、モーター教はもうないのに。わかっていて、国民に真実を知らせていないのでしょう？　こっそりモーター教幹部まで呼び寄せて、第二の総本山を作るんですって？　モーター教消滅を指摘した記者は、全員嘘つき呼ばわりされたそうだけど？」

わざと挑発するように言うと、ニーゼンが話に乗ってきてくれた。

「やかましいぞ、女。どのみち、新たにアンシュ王国にモーター教を設立するのだから、解散など問題ではない。それに、我々に楯突《たてつ》く記者など不要だ。記者というものは、権力者に都合のいいことばかりを書いて広め、無知な国民を誘導するのが仕事なんだ！」

国王も彼の後ろで「そうだ、そうだ！」と相づちを打っている。

(大丈夫かしら、アンシュ王国の将来が不安ね)

シャールたちも呆《あき》れ顔《がお》で彼らのほうを見ていた。

「わかったわ。どうあっても、モーター教の解散を認めたくないのね」

私は小さくため息を吐いて、彼らに向き直る。

「では、総本山へ転移して、その目で言い逃れのできない現実を見てきなさい」

すでに閉鎖した総本山は、無人の施設になっている。ランスがそう言っていたので、間違いないだろう。

私は踊り続ける魔法を解除すると、新たに転移魔法を発動して、アンシュ王国のお偉いさん全員と、元モーター教幹部をまとめて、総本山だったクール大聖堂の跡地へ一瞬で転移させた。

私自身は総本山に行ったことはないので、座標を割り出して転移させるほうの転移魔法を使った。

若干到着地点がずれているかもしれないが、まあ大丈夫だろう。

「ふう、つまらぬものを飛ばしてしまったわ」

大勢の人間が一度に消えた光景を目にした班長たちは、ガタガタ震えている。

「ま、一件落着ね」

「何がですか！」

間髪を入れずに叫んだのは、一緒に転移してきたティボーだった。

「ラムさん、もうモーター教の調査どころじゃないですよ！」

「そうね、解決しちゃったものね」

「国王まで飛ばしてどうするんですか！　私はもう記者として返り咲ける気がしません！」

「大丈夫よ。ちゃんと証拠はとっておいたから。はいこれ」

私は魔法アイテムの四角い箱をティボーに渡す。

「モーター教幹部と騎士団の供述、それから今の会話を記録しておいたわ。ここのくぼみを押せば、空中に風景が映し出されて音が流れるわよ」

「え？　あ、ありがとうございます……？」

ティボーは不思議そうに箱を観察している。

そうして彼は我に返ったように口を閉じ、神妙な表情で私を見た。

「今回私は、あなたたちにとても助けられました。団長たちから守っていただき、さらにこうして真実を暴くこともでき、感謝しています」

ティボーはゆるゆると頭を下げる。

「あらまあ、もともとそういう依頼だったんだし、気にしなくていいわよ」

「そういうわけには……」

この仕事を通して、彼は少し変わったように思える。最初は他人に頼ってばかりで、事なかれ主義の人だった。

けれど、先ほどはシャールたちの足手まといになるまいと、魔法が使えないのに必死で戦う気概を見せていたのだ。ウェスも彼を評価していた。

彼もまた、少しずつ成長しているのかもしれない。私たちがそうであるように。

「モーター教の記事に関しては、今飛ばした皆が戻ってきたら、もっといい情報を得られるかもしれないわ。元教皇に連絡がつけば、なんとかなると思うのよね」

私はちらりとシャールを見る。彼は三番弟子とやりとりをしており、頻繁に連絡を取っているようなのだ。

シャールはこちらの要求がわかったようで、諦めのため息を吐いた。

「はあ……お前の言いたいことはわかった。私から間男に連絡を取ってみよう」

「ありがとう、シャール」

「問題ない。そういえば、お前の三番弟子は今、ちょうど総本山のあるブリュネル公国に戻っているはずだ」

「えっ、そうなの？」

「ああ、モーター教の元大聖堂を、アウローラ教の大聖堂にするための、改修作業をすると言っていた。もしかすると、先ほど飛ばした者たちと接触することもあるかもしれない」

「あの子ったら、変な宗教を始めるのはやめなさいと言ったのに」

「レーヴル王国やどこぞのマフィア……いや、商会から、アウローラ教に多額の寄付もあったらしいし、まず止《や》める気はないだろう」

「まあ、フレーシュとエペが寄付しているの!? 普段は仲が悪いのに、どうして、そういうところだけ協力するのかしら」

喧嘩ばかりしている弟子たちだが、妙なところで結束力がある。

今度会ったときに、アウローラ教設立に加担しないよう、厳しく注意しなければならない。あれこそまさしく、インチキ宗教だ。

「まあ、とにかく、調査も済んだことだし、そろそろ騎士団宿舎へ帰りましょう」

私はテーブルに積まれて手をつけられていないドリアンをつまみながら、今後の方針について皆と話し合うことにした。

※

ふと気づくと、アヴァールは天井の高い建物の中にいた。見覚えのある場所だ。

白地に金の装飾が施された壁と、荘厳な天井画やシャンデリア。

窓ガラスもステンドグラスになっていて、モーター教の教えに沿った絵がそれぞれ描かれていた。

（ここはたしか、総本山のクール大聖堂では？ 司教に就任した際、訪れたことがある）

とても広い空間の中に、かつてはモーター神を称《たた》える生演奏の音楽が流れていた。

（ここは、二階か？）

ちょうど目の前に巨大な階段が見える。

移動して踊り場から階下を見下ろすと、下は礼拝堂になっていて、お祈りに訪れるモーター教徒のための木のベンチが並べられている。だが、無人だ。

かつては礼拝に訪れる人々で溢《あふ》れ、この大聖堂はとても賑《にぎ》わっていた。

それをどことなく残念に思ってしまう。

後ろから、自分と同じように魔法で飛ばされてきた、元司教や元司祭がぞろぞろと歩いてきた。アンシュ王国の国王たちもいる。

彼らもここの景色を知っているのだろう。それぞれ戸惑いの表情を浮かべていた。

「アヴァール様、これは……ここはもしや……」

大臣のニーゼンが、アヴァールに話しかけてきた。つばをゴクリと飲み込み、震える声で答える。

「ブリュネル公国の総本山にある、クール大聖堂で間違いありません。我々はあの魔女によって、ここへ飛ばされてしまったのです」

「なんと恐ろしい……本当に転移させられるとは。それに、このがらんとした室内は……」

変わり果てた大聖堂を見て、アンシュ王国の大臣、ニーゼンはショックを受けているようだった。力のない声で呟《つぶや》いている。

「ああ……もう、本当に、モーター教はなくなってしまったのだな」

国王も茫然自失《ぼうぜんじしつ》の表情で、ただただ室内を眺めていた。彼も知っていたことだが、今の今まで実感が湧いていなかったのだろう。

だが、国王やニーゼンに弱気になってもらっては困る。アンシュ王国にて、モーター教を再興してもらわなければならないのだから。

アヴァールは、しっかりした声で彼らに訴えた。

「いいえ、国王陛下、ニーゼン大臣。これは一時的なものにすぎません。我々が必ずやモーター教を復興し、このクール大聖堂にもかつての勢いを取り戻してご覧に入れます！」

何もないということは、自分が一から関与できるということだ。前以上に、アヴァールにとって都合のいい宗教を創り上げられるだろう。

（私が教皇になった暁には、魔女狩りを断行してやる）

にたりと笑いながら階段を下りていくと、壁際に紫髪の少年が立っていた。

階上からは見えなかったが、無人ではなかったらしい。

（まだ子供だし、とてもモーター教関係者には見えない……不法侵入者か？）

アヴァールは彼に声をかけた。

「おい、そこの者。無断で神聖な大聖堂に立ち入るとは何ごとだ。早く家へ帰るのだ」

振り返った少年は、怪訝《けげん》な表情でアヴァールを見る。

「そこの者って、ボクのこと？」

「そうだ、お前以外に誰がいる、この不届き者め」

「へぇ～？　このボクに向かって、そんな口を叩くなんて、あんたはよっぽど偉い人なんだろうな

～♪　ここのところストレスが溜《た》まっていたから、ちょっと鬱憤晴らしに付き合ってよ」

からかうような言葉に、アヴァールの血圧が上がった。平民風情が自分にそんな口を叩くなど、許されることではない。

「無礼者めが！　私はテット王国にある、セルヴォー大聖堂の司教だぞ!?　口を慎め！」

「ふーん、それが？　モーター教風にマウントを取るなら、ボクは元聖人だけど？　そんなボクに、一司教にすぎないお前が何か文句でもあるの？」

「なっ……!?」

モーター教において、聖人の序列は司教よりも上だった。ドヤ顔の少年の言葉が本当かは定かではないが、聖人には常識の通じない、危険な者が多いと聞く。

アヴァールは「これはまずい」と震え上がった。

「あはは！　弱小国の司教ごときが、ボクにそんな口をきくなんて、なってないなー♪」

ゆらりと、顔の背後に不気味な気配が漂い始める。たぶん、魔力だ。

(こ、これは。あの極悪魔女が魔法を使うときと同じ。やはり、こいつは本物の聖人なのか……？)

アヴァールの背筋が凍り、冷や汗が流れ始める。

(あの子供が言うことが事実だったとしたら、魔法を使えてもおかしくない。実際に見たことはないが、聖人は聖なる魔法を使うと言われていた。なんだかメルキュール家の者たちが使う魔法と大差ないような気がするが……聖なる魔法とは……？)

とりあえず、目の前の少年がまずい人物だということはわかった。だが、ここから逃れる算段がつかない。

（もう駄目だ……！）

悲愴感《ひそうかん》に駆られていると、不意に礼拝堂の奥の扉が開き、別の人物が二人姿を現した。

なんだか見覚えのある白黒髪の青年と、聖人を名乗る少年によく似た顔の眼鏡をかけた青年だ。

「どうしました、カオ。騒がしいようですが……」

見覚えのある青年のほうが、少年に話しかける。しばらくして、アヴァールは彼のことを思い出した。

（出た！　こいつは最高にヤバい奴だ！）

服装が軽装に変わっているが、見覚えのある青年は紛れもなくモーター教の教皇だった。

しかも、モーター教に思い入れもなく、挙げ句の果てに極悪魔女に加担しようとした、とんでもない教皇である。

「おや、これはこれは、大勢のお客様ですね。そこにいるのは……」

ギクッと体を強《こわ》ばらせたアヴァールは、いそいそとアンシュ王国国王の背後に回り込む。あいつは危険だ。関わってはいけない。国王を盾にしよう。

「あっ、どこかで見たと思ったら、テット王国にいた、セルヴォー大聖堂の司教じゃないですか！」

一緒に転移してきたモーター教関係者の視線が、一斉にアヴァールに向く。

（げえっ、ばれた！　思い出さなくてよかったのに！）

元教皇は穏やかな微笑みを浮かべていた。

しかしこの男は、笑顔で他人を天井に吹っ飛ばす要注意人物なのだ。

「テット王国ではお世話になりました。そういえば、いろいろあって、あなたへのお仕置きがうやむやになってしまっていましたね。自分から罰を受けに来るなんて殊勝な心がけです」

「ち、違っ……」

アヴァールは慌てた。

彼から恐ろしい仕置きを受ける気は毛頭ないし、元教皇の怒りを買っているのだと周りにばれたくもない。

「ええっ、せっかく遊べると思ったのに。ランス様の獲物だったの？」

先ほどの少年が不満げに頬を膨らませた。

それを聞いたモーター教関係者たちがざわめく。その中で、ニーゼンが慌てふためいた。

「ランスだと？　それは、教皇様のお名前ではないのか？」

「え、教皇様って、聖アルジャン一世のことだよな？　この人が？　若っ！」

聖アルジャン一世とは、ランスと呼ばれる男の教皇名である。

モーター教の教皇は歴代彼一人と言われているが、ルールとしては、教皇に指名された時点で、相応《ふさわ》しい教皇名を考えて名乗ることになっている。

彼が一世なのは、最初にアルジャンの名を名乗ったからだ。

（まあ、それ以降教皇は新たに指名されていないし、一世も何もないのだけれど）

彼が本当にアルジャン一世なのか、密《ひそ》かに代替わりしているのか、本当のところは何もわからない。

「いやいや、教皇様はこれまで、我々の前に一切お姿を見せなかった。偽者なのではないか……？」

偽者疑惑が浮上したところで、教皇の隣にいる眼鏡の青年が大声で叫んだ。

「なんたる不敬！　司教とその取り巻きごときがランス様を偽者呼ばわりするとは、全員粛正されたいのか！」

なんだか、ものすごく怒りまくっている。先ほどまで無表情で立っていたというのに、訳のわからない男だ。近寄りたくない。

（この三人、揃いも揃って危険人物としか思えないのだが!?　なんでこんなのがモーター教の司教より上の立場にいるんだ!?）

とにかく今は、ここを無事に脱出するのが最重要目的だ。

アヴァールが逃げる算段をつけていると、アンシュ王国の国王が声を上げた。

「そこの平民共。何者かは知らんが、この儂《わし》に向かって不敬だぞ！　しかも、教皇様の名を騙るなんて不届き千万である……！」

ここにいるのは国王や大臣にモーター教の役職者たち。それなりの立場の者ばかりだ。

当然、国王はそのように考えるだろう。

だが、ここでは、その発言はしないほうがよかった。

（要注意人物に喧嘩を売るでない、国王！　あいつには話が通じんのだ！）

今のままではまずい。なんとか話を逸《そ》らさなくてはと、アヴァールは焦る。

「と、ところで、教皇様は、こんな場所で何をされているのですかな？」

尋ねると、教皇の笑みが深まった。

絶対にろくでもないことをしているに違いない！

「よくぞ聞いてくださいました！　私たちは、一通りモーター教の消滅を知らせに各地を回ってきたのです。それで、モーター教に代わる新たな宗教を立ち上げまして。今はこの大聖堂の改修作業について話し合っていたところなんですよ」

ご機嫌な元教皇は、アヴァールの動揺を気にも留めず、楽しげに話し続ける。

「それで……ここは今から、アウローラ教の聖地になります！」

……三人で？　と突っ込みたい。しかし怖くて言えない。

「はあっ!?」

アウローラ教とは一体なんだろうか。

初めて聞く宗教の名前に、アヴァールは戸惑う。

「要はですね、伝説の魔法使いであるアウローラを称えて、称えて、称えまくる宗教です」

話を聞いて目眩《めまい》がしてきた。なんだって、わざわざモーター教を解体し、そんなけったいな宗教を始めようと思ったのか。

アウローラのことは知っている。伝記などで優れた魔法使いとして名を残している女性だ。魔力持ちではあるが、不思議なことに古くから崇《あが》められている。

（だからといって、モーター神には成り代われない！　そもそも、私はモーター教を解体されては困るのだ！）

しかし、怖くて言えない。辛い。

「そうだ。ちょうど奥の部屋を改装したところなのですが、感想を聞かせていただけませんか？なにぶん、まだ信者を獲得中の新しい宗教ですので」

そう告げると、ランスは有無を言わさず、アヴァールたち全員を魔法で別の部屋に転移させる。

そこには驚愕《きょうがく》すべき空間が広がっていた。

（ここはたしか、礼拝堂の奥の聖遺物保管スペースだったのでは……？）

しかし、聖遺物安置所の神聖な雰囲気は欠片《かけら》もなくなっていた。

静謐《せいひつ》さや神々しさを感じさせる壁画があった白い壁は、淡く可愛らしいカラフルな色で無造作に塗り散らかされており、世にも不気味な生き物たちの絵が描かれている。

（これはなんだ）

やたらと目が大きく、絶妙にイラッとする顔立ちの動物の絵が多い。

さらに、ところどころ、何かわからない謎の絵が紛れ込んでいる。

（見た目はナマコっぽいが、魔獣か何かなのか？）

天井には太陽やら星やら月やら、変わった形をしたシャンデリアが飾られ、幾何学模様の高級絨毯《じゅうたん》は、もこもこの淡い色合いのカーペットに敷き代えられていた。

「ふふっ、まだ製作途中なのですが、アウローラの好きなもので建物を埋め尽くしてみようと思って、三人で協力して作りました」

絶妙にちぐはぐな内装だ。

不気味な室内の中央には、なんと、あの邪悪な魔女の姿を模した、真っ白な石像まで置かれている。

（なっ、なんであの女の像が!? 髪型こそ違えど、明らかにあの女だよな……？）

アヴァールは必死で声を飲み込んだ。

「そちらの像はレーヴル王国からの寄贈品で、壁の絵はネアンと私が描いています。こちらのウサギなどが私の作品ですね」

わけのわからない物体のほうが、元教皇の作品だった！

（ウサギの面影が何も感じられない……ナマコにしか見えないぞ!?）

動揺しているのはアヴァールだけではない。

同行した司教や司祭たちも、あまりの惨状に震えている。

「なんとおぞましい部屋なんだ。神聖なモーター教の大聖堂に魔女の像を飾るなんて」

アンシュ王国の大臣であるニーゼンも慄《おのの》いている。

（……ニーゼンに、完全に同意する）

それに、神聖な壁画を趣味の悪い落書きで塗りつぶすなど、正気の沙汰ではない。

「邪教じゃあっ、これは、邪教じゃーーーーっ！」

一番年配である他国の老司教も、カッと目を見開き、この世の終わりのような表情で騒ぎ始める。

「そうだ、そのとおりだー！」

「このような邪教を許してはならん！」

「モーター教への冒瀆《ぼうとく》だ！」

アンシュ王国の者たちも、それぞれが不満を訴えだした。

だが、それを聞いたランスが、ふと動きを止めて、真顔でこちらを見つめる。

微笑んでいるはずなのに、底のない闇のような眼差《まなざ》しに捉えられると、心臓を冷たい手でわしづかみにされたような寒気がした。

「アウローラ教が邪教？　は？」

明らかに彼は怒っている。

（怖い怖い怖い怖い怖い！）

アヴァールは、とっとと大聖堂から逃げだそうとする。

しかし、遅かった。

「そういえば皆さんは、どうして揃ってここに転移してきたのでしょうか。ほのかに、先生の魔力の気配がしますが……まさか、彼女を怒らせたのではありませんよね？」

そのまさかだった。

恐怖が先走り、誰も元教皇の問いかけに答えられない。

全てを悟った様子のランスは、先ほどの少年のほうを見て告げる。

「カオ、この人たちを殺さない程度に、外で遊んできていいですよ。もちろん、無関係の人は巻き込まないように。悪いことをすると、先生が悲しみますからね」

「え、遊んでいいの!? やったー! 習ったばかりの魔法、試してみよっと♪ 何がいいかなー、人間がどこまで飛ぶか実験してみようかなー」

少年は無邪気にはしゃいでいる。

(人間が飛ぶってなんだ!?)

意味がわからず、もはや言葉も出ない。

「そういえば、私、先生に伝え忘れていたことがあるんでした。エルフィン族の隠れ里について、結局話さないまま別れてしまったんですよねぇ。今度会ったときに伝えるか、先生の旦那さんに連絡しておくか……悩ましい問題です」

ランスはもう、アヴァールたちから興味が失《う》せたみたいで、独り言を呟きながら、眼鏡の男と一緒にさっさとその場を去ろうとしている。

だが、彼の背中を見送ることなく、アヴァールたちは少年に、いずこかへ強制転移させられてしまったのだった。

そこから元聖人による、地獄のお遊びタイムが始まったのは、言うまでもない。

アンシュ王国内部にいるモーター教幹部の調査を果たした私たちは、当初の目的を終えて、全員で騎士団の食堂へ集まっていた。

騎士団の難題は解決し、モーター教幹部たちも総本山に送った。

あとはティボーが記事を書き、真実を公表するだけだ。記録用の魔法アイテムに証拠はしっかり映っている。声も聞き取りやすく、バッチリ記録されていた。

「ラムさん、これでお願いします！」

騎士団宿舎の食堂で、ティボーは数時間かけて書き上げた原稿をテーブルに広げる。

今までに集めた証拠をもとに、彼はよどみなく文章を書いていた。

「……すごい量だな」

シャールが呆《あき》れ気味に、ティボーの原稿を眺める。

「じゃあ、いよいよ真実を公表する時間ね。私から、最後にあなたに渡すものがあるわ」

私は魔法アイテムと原稿を手に、思い詰めた表情を浮かべるティボーに微笑《ほほえ》みかける。彼はかなり緊張しているようだ。

「同じ記録用のアイテムを、事情を知った弟子たちが大量に送ってきてくれたの」

本当に師匠想《おも》いのできる弟子たちだ。

「さっき届いたんだけど、私が作ったアイテムに記録した光景を複製して、全てのアイテムに入れたわ……」

これで、どの魔法アイテムからでも、もともと記録していたものと同じ風景を取り出して、空間に投影することができる。

「もう一つ、現在の景色をそのまま映し出すアイテムも、シャールが作ってくれたの」

あったほうが便利だと、シャールも手作りの魔法アイテムを用意してくれた。彼も自慢の夫である。

「食堂の隅に積み上がったあの箱、魔法アイテムだったんですね。先ほどから気になっていたんです。ラムさん、シャールさん、素敵なものをありがとうございます。これで私も闘えます」

覚悟を決めたのだろう。ティボーは原稿を手に取り虚空を睨《にら》んだ。

「アイテムの操作は私たちに任せて。あなたは、うーん……記事について、国民に向けて何か話してくれる？　弟子が一緒に送ってくれた拡声アイテムもあるから、あなたの声を王都中に響かせることができるわ」

「わ、私、話すのは専門外なんですけど!?」

狼狽《うろた》えるティボーを横目に、私は彼の原稿を幻影魔法を応用した複製魔法で増やし、巷《ちまた》に出回る新聞記事のような様式にまとめ、転移魔法でアンシュ王国王都の空からばら撒《ま》いていく。

これで、多くの人がティボーの記事を見ることができるだろう。

「あとは記録した風景の投影ね」

これがあれば記事の信憑性《しんぴょうせい》も増し、字の読めない人でも状況を把握できる。

今世の人々は魔法に耐性がないので、びっくりさせてしまうかもしれないけど……。

今はちょうど、夕食の買い出しなどで多くの人が外に出ている時間帯だろう。

私は記録用の魔法アイテムも一斉に王都中の空へ転移させる。そこから、空中に記録した風景を映し出すためだ。

それとは別で、シャールの魔法アイテムを起動させる。

シャールの魔法アイテムは二つの箱がペアになっており、片方は同じように王都の空中へ飛ばし、もう片方はティボーの横に置いて彼自身を映してもらった。

これで今現在のティボーの姿を、空中に映し出すことができる。

横から、シャールがアイテムについて解説してくれた。

「この魔法アイテムには、拡大の魔法をかけておいた。一つ作るので手一杯だったが、大きく風景が映し出されるから、遠くからでもそれを見ることができるだろう」

覚えたばかりであろう魔法を、彼はもうアイテムに落とし込んでしまったようだ。

(シャールの才能、すごいわねえ。特に何も教えていないのに、自分で考えてアイテムを作り出せちゃうなんて……あれ、実際に五百年前に似たものがあったのよね。国王が大々的な発表をするときとかに使っていたわね)

それだけ、使い勝手がいいアイテムなのだ。

私とシャールは騎士団宿舎から転移魔法で広場のほうに移動し、空に情報が投影されているか確認する。すると、アイテムから四角い光が出て、過去に記録した光景を映し出しているのが見えた。

まずは、モーター教の司教や司祭たちが自白する場面が流れている。彼らは洗いざらい自らの悪事を話していた。

(声のほうも、しっかり聞こえているわね。よかった)

続いて、テントで国王や大臣がうっかり事実を喋《しゃべ》ってしまった光景が映った。ついでに、騎士団の面々の、悪事についての告白シーンも続いている。

街のいたるところから、人々の戸惑いの声が上がっている。だが、彼らは外に出て、きちんと空を眺めていた。広場からだと、皆の様子がよく見える。

「ちゃんと見てくれているみたいね。今の時代の人は皆、魔法に耐性がないから心配だったの」

「その場から逃げ出されなくて一安心だな」

一通りの映像が流れ終わるとそれぞれの画面が消え、続いてシャールのアイテムが起動し、騎士団宿舎の真上に巨大で四角い透明な壁が現れる。遠くからでも確実に見える巨大具合だ。

空に映る光景を眺めていると、巨大な四角い光の中に、前を向いて喋るティボーの姿がしっかり映し出された。彼は努めて明るい声を発している。

「えー、皆さんこんにちはー、どーも、干され系フリー記者のティボーです！　今回はですねー、特別な協力を得て魔法アイテムをお借りし、重大発表を行いたいとー！　思いますっ！」

街のざわめきがさらに大きくなった。

「はいっ！　ということでー、それではね！　説明していきますねー」

こうやって話すのは初めてのはずだが、ティボーは妙に流暢《りゅうちょう》に喋っている気がする。

「あいつ、こんな特技があったのか……」

シャールも感心しているようだ。ティボーの演説はまだまだ続いている。

「えー、まず、知らない人の為《ため》に説明させていただきます。私は以前、とある新聞にモーター教解散の記事を出した者です。が！　国から嘘《うそ》つき呼ばわりされて、しばらく国外逃亡していたんですねー。詳細については、先ほどばら撒いた記事の概要欄をチェックしてください」

つい先ほどの、自信のなさが嘘のようだ。

「それでですね、なんとしても自分の無実を証明し、この国で起こっていることを皆さんに知ってもらおうと、こうして記録した光景をお届けしている次第です。これは全て事実です！　そして……おわっ!?　ちょ、何するんですかっ!?」

急に焦った表情を浮かべ出すティボー。

そんな彼の後ろに、城の重鎮と思《おぼ》しき、上等な服を着た人が数人映っている。驚いた私は声を上げた。

「え、あれって、総本山に飛ばされていない、城のお偉いさんたちじゃない？」

「ああ、そのようだ。ティボーの妨害をしに来たらしい」

「大変、助けに行かないと」

私は焦って、転移魔法を展開する。そんな私の手を引き、シャールが止めた。

「いや、大丈夫だろう。現場には双子もいるはずだが、あいつらが動いていない……」

シャールは落ち着いている。それだけフエやバルを信用しているのだろう。

「何か考えがあるということね？」

「おそらくな」

そうこうしているうちに、ティボーが体格のいい重鎮の一人に取り押さえられ、重鎮の後頭部のドアップが巨大な四角い光の中に映し出される。それを見た人々からどよめきの声が上がった。

重鎮たちはティボーのテーブルに設置された魔法アイテムには、気付いていないみたいだ。そもそも、風景を映し出す魔法アイテムについて知らない可能性が高い。

「おい、お前！　あの不気味な空中に浮かぶ四角い光はなんだ！　このふざけた茶番を今すぐ止《や》めるんだ！」

「嫌ですっ！　私はこの国に真実を広めるんだ！　モーター教はもうないと！」

ティボーが抵抗し、彼の手が景色を映し出すアイテムに当たって風景が乱れる。

アイテムがひっくり返ってしまったようで向きが変わり、重鎮の鼻の穴のアップが映し出された。

報告を続けるティボーと、それをやめさせたい重鎮との間で、もみ合いに発展しているようだ。アイテムが転がっているのか視点がくるくる回り、最終的にティボーと重鎮たち全員が映る位置で止まった。

「あら、いい場所で止まったわね」

「双子がこっそり、魔法でアイテムを移動させた可能性もある」

都合のよすぎる場所で止まっているので、そうかもしれない。

「馬鹿め、そんなことをしたところで無駄だ！　いくらでも我々がもみ消してやる！」

重鎮の大きな声が上がり、街中に響き渡る。彼は、現在の映像が、そのまま映し出されていると は考えないのだろうか。頭に血が上っていて、周りに目が向いていないのかもしれない。魔法アイテムに慣れていないがゆえのミスだろう。

「そんなこと許されません！」

必死に抵抗するティボーは、険しい顔で叫びながら重鎮たちを睨んだ。

「許されるんだなー、これが。これまでも、それで通ってきた。今回もまたお前を嘘つき呼ばわりして、終わりだ！　アーハッハッハ！　国民は皆、我々のほうを信じるんだよ！」

別の重鎮が、からかうようにティボーを挑発する。重鎮たちの高笑いも王都中に響いた。

気づかないのは、本人たちばかりだ。

私とシャールは映し出される風景越しに、ティボーを見守る。

すると、しばらくして、また騎士団宿舎の食堂に新たな乱入者がたくさん現れた。

彼らはティボーたちを指さし、口々に声を上げている。

「いたぞ、本物だ！　干され系フリー記者のティボーだ！　場所特定！」

「うわ、マジで騎士団宿舎の食堂にいた！　国のお偉いさんたちもいるぞ！」

街の人々が騎士団宿舎の食堂へ押し寄せている。

「本当に、マントゥール大臣とルース大臣だ！　カシュー宰相もいる！」

一般の人々の中に、政治に詳しい人物がいたらしい。重鎮たちの名前が公表されてしまった。食堂の入口から、新たな野次馬たちも顔を出している。

ティボーは慌てて実況を再開した。

「えー、現場からは以上です！　最後までご視聴、ありがとうございました！　質問や感想があれば、騎士団宿舎までよろしくお願いします。もしこの実況の内容を気に入っていただけた方は、私の記事の定期購読、高評価、よろしくお願いしまーす！」

こうして、ティボーの重大発表は、混乱のうちに幕を閉じた。

彼の放送はアンシュ王国中に嵐を巻き起こし、数日のうちに、モーター教解散の真実が正しいことが、慌てた国の広報機関から発表された。

そして、現場にいた宰相と二人の大臣はあまりに外聞が悪すぎたようで、揃《そろ》ってクビになったという……。騎士団も一度解体され、きちんとした形で再編成されるようだ。待遇が改善される代わりに、試験も厳しくなるらしい。

とにかく、当初の目的が達成されてよかったと、私は胸をなで下ろした。

※

そうして数日後、私たちはいよいよ、レーヴル王国へ帰ることになった。

騎士団宿舎の新人用の大部屋へ戻っていた私は、アンたちにそのことを告げる。

「……そういうわけだから、私は騎士団を辞めるわ。今までありがとう」

アンたちは私が辞めることをわかっていたようで、驚かなかった。

「いろいろなことがあって、びっくりしたけれど、ラムがここへ来た目的は果たせてよかった。最初からあなたは、騎士になりたいって感じじゃなかったものね」

「ええ、そうね。モーター教について調べに来ただけなのだけれど、結果的に大騒ぎになってしまったわ。狩猟大会の会場にいたモーター教の人たちも、アンシュ王国のお偉いさんたちも、魔法で総本山へ転移させたから、今頃は直《じか》にモーター教が解散している現場を見終わったはず。考え直してくれるといいのだけれど……」

アンは考え込むような顔になった。

「今までが今までだから、難しいかも。というか、本当にモーター教って、なくなっちゃったのね。聞いたときはびっくりしたわ」

彼女たちには、この部屋へ転移させる前に、モーター教の真実について予《あらかじ》め話している。最初は半信半疑だったようだが、今ではティボーの活躍もあり、私の言葉を信じてくれていた。

(解決できたから帰らなきゃいけないけど、皆と別れるのは少し寂しいわね)

初めて仲良くなれた、同じ年頃の女の子たち。正直、ここまで皆と仲良くなれるとは思っていなかった。こんなことは生まれて初めてで、私にはそれが、とても嬉《うれ》しかった。

だから、迷いながら、私は彼女たちに提案する。

「それで……もし、皆さえよければ、三人とも、レーヴル王国へ出稼ぎに来ない？」

「レーヴル王国？　それって、先輩たちに言っていたのと同じ話？」

「ええ。私はテット王国の出身なのだけれど、今はレーヴル王国で伯爵夫人として暮らしているの」

「ちょっと待って、ラムって、伯爵夫人……貴族なの？」

「一応ね。シャールが伯爵なのよ」

「あ、彼氏のほうは、なんとなくわかるかも。どことなく上品だもの。食事のときとかさ、びっくりするほど綺麗《きれい》に食べるの」

アンはなかなか観察眼が鋭い。

「っていうか、私たち、ラムに普通に喋っちゃってるけど、いいのかしら？　お貴族様なんでしょ？　不敬罪にならない？」

「いいの、いいの。出身は平民と変わらないような男爵家だし」

それに、この三人とは、このまま普通に仲良くしたい。

「そ、それで、レーヴル王国での出稼ぎって、どんな仕事があるのかしら。もしかして、先輩たちと同じ騎士の仕事？」

皆が少し前のめりになっている。

「そうねえ、騎士団がいいなら、もっと過ごしやすい騎士団もあるし、騎士以外の職でもたぶん大丈夫。もし魔法を覚えたければ、私が教えるわ」

三人がグイグイ身を乗り出して質問してきた。

「条件よすぎない？　本当にそんなことが可能なの？」

「レーヴル王国の国王は、私の魔法の弟子なの。だから、お願いしたら働き口を紹介してくれると思う」

「えっ、国王が弟子!?　正直、あり得ないような話ね。でも、短い間だったけど、ラムのことは信用しているわ。何度も助けてもらったもの。私、あなたがいなければ、数日も待たずに騎士団を辞めていたと思う。今ではもう半月も耐えられているけど」

アンの言葉に、あとの二人も静かに頷《うなず》いている。

「今、こうしていられるのはラムのおかげ。だから、私はレーヴル王国へ出稼ぎに行きたい。もちろん、ここの騎士団員として、城を守るのも大事な仕事だけど、女性騎士はそういうこともできなそうだから……このままだと私、他の人に、胸を張って騎士団に所属してるって言えないわ。私は、今のまま、ここにいていいとは思えないの。ラムがいなくなるなら尚更《なおさら》そうよ」

彼女は覚悟を決めた顔で私を見る。

「わかったわ、一緒に行きましょう。もし騎士として採用されなかったら、しばらくうちにいるといいわ」

「え、そんなのあり？」

「気が向けば、子供たちの相手をしてくれると助かるかも。うちは女性比率が低くて、女の子と恋バナができる人がいないから」

きっと、ミーヌが喜ぶ。

「私、子供は大好きだから、むしろそういう仕事のほうが嬉しいわ。アンシュ王国では、そんな仕事はないけど。向こうで探してみようかしら」

アン以外の二人も、そわそわし始めた。

「あの、私も出稼ぎしてみたい。今度はちゃんとした騎士として」

「わ、私も。実は荒事には向いていないから、条件次第ではレーヴル王国でメイドとして雇ってほしいかも……アンシュ王国の下っ端メイドは、ものすごく待遇が悪いから」

私は大きく頷いた。

「もちろん大丈夫よ！　レーヴル城が駄目なら、うちで採用するわ。メイドについてはレーヴル王国でも場所によりけりだけど、王宮とメルキュール家は優良な職場よ」

話をしながら、私は少し安心していた。

実はこの先、三人が騎士団でやっていけるのか不安だったのだ。

明らかに、今の職場環境に向いていない子たちなので、皆がレーヴル王国に来てくれるようでほっとしている。

「それじゃあ、一足先にレーヴル王国へ向かってくれる？　今から、向こうの屋敷にいる息子に、手紙を書いて事情を説明するから。職場が決まるまで、あなたたちの面倒を見てくれると思うわ」

「へ……？　今から……？　ていうか、ラム。あなた、子供がいたの!?」

三人が声を揃えて固まる。

「ええ、そうなの。養子だけど。カノンという名前なの」

答えると、彼女たちは「なるほど」と、安心した様子で頷いて見せた。

「私たちの事情を理解できるような、大きな子がいるのだと思ってびっくりしたわ」

たしかに、もし私がカノンを生んでいたら、五歳で出産したことになる。

「息子は十五歳だけど、しっかりした子よ」

私は魔法で手紙を書くと、それを一番近くにいたアンに渡した。

「それじゃ、三人とも行ってらっしゃい。部屋にある荷物も一緒に送るわね。転移したら、カノンにこの手紙を渡してちょうだい」

「ちょっと、ラム？　急すぎない!?」

「え？　もう……？　心の準備ができていないんだけど！」

「わああっ、騎士団の服のままだし～！」

三人はわたわたと慌てだしたが、私はそのまま彼女たちをメルキュール家の屋敷へ転移させた。

細々したことは、あとでなんとかすればいい。

「ふう、一安心！　あとは、転職希望の先輩騎士たちと話をして……シャールたちのところへ向かいましょう」

私は当初の約束どおり、同じ階にいるほかの女性騎士たちに話をしに行く。最終的にレーヴル王国に渡りたいと言った人は予想以上に多かった。

ほかの女性騎士を裏切り者呼ばわりしていた班長まで、レーヴル王国騎士団採用試験の受験希望者に交じっている。不思議に思って、私は尋ねた。

「班長も行くの？」

「う、うるさいわね！　あんたがめちゃくちゃしたせいで、私にはアンシュ王国に居場所がなくなっちゃったのよ。男爵家からも追い出されちゃったんだから、責任とりなさいよ！」

「いいけど。どうしてそんな言い方しかできないのかしら。あなたにも事情があるのはわかるけれど、そんな風に周りに当たり散らすものじゃないわ。最後には皆離れていって一人になっちゃうわよ？」

「……！」

まさに先ほど、そのような事態になったので、班長は慌てて口を閉じる。彼女なりに気にしていたみたいだ。

「それじゃあ、皆を転移させるわね。手紙で向こうに知らせてあるから、あちらでは息子の指示に従ってちょうだい」

「ちょ、待っ……息子!?　あんた、既婚……」

アンたちと同じ疑問を投げかける先輩騎士たちを、私はさっさとメルキュール家へ転移させた。

あとは彼女たち次第である。

もしレーヴル王国が合わなかったら、帰りの転移くらいは手伝ってあげようと思った。

用事が終わったので、三階の階段を下りて、二階へ進む。

アンシュ王国の国王や大臣は総本山送りにしてしまったけれど、王宮には他にも人がいるので、たぶん大丈夫だ。業務は回っていると思う。

ほかには、騎士団の罪が明らかになれば、犯罪に加担したガハリエを筆頭とした騎士たちは、王国騎士団を正式に解雇されるだろう。

万一、上層部が罪の隠蔽に走る場合は、毎日昼に三時間踊ってもらう魔法をかけようと思う。

(今後の騎士団が、少しはよくなるといいわね)

人員は大幅に減ってしまうだろうけれど、徐々に理不尽な意地悪がなくなる職場に変わっていけばいいと思う。

スッキリした気持ちで二階の廊下を進んでいくと、陽光に照らされた廊下の途中にシャールが一人で立っていた。

「シャール、お待たせ。皆は？」

「もう準備を終えて、先に一階へ向かった」

「そうだったのね、遅くなってごめんなさい。じゃあ、私たちも行きましょうか……」

歩き出そうとすると、シャールに止められた。

「ちょっと待て。ラム、お前に言いたいことがある」

その割に言いづらそうにして、シャールは少し俯《うつむ》く。

何かを伝えようとして迷っている。そんな雰囲気が感じられた。

いつもズバズバ物を言う彼にしては珍しいことだ。

「改まって、どうしたの？」

シャールは紅《あか》い瞳を逸《そ》らせながら、歯切れの悪い口調で告げる。

「今さらこんなことを言い出すのもあれだが、今回、この騎士団へ来て思うところがあった。ここは以前のメルキュール家に少し似ていて、考えさせられることが多い」

「うん……？」

回りくどくて、何を言いたいのか、いまいちわからない。

「ええと、どう考えても、昔のメルキュール家のほうが酷《ひど》いような気がするけど……酷さの質が違うだけで、似たようなものなのかしら？」

どちらも、力や地位のない者が虐げられる場所であることに変わりはない。そういったことを、彼は伝えたかったのだろうか。

シャールは頷き、話を続ける。

「ここで過ごすうち、私は……記憶を取り戻す前の、以前のお前のことを思い出した」

アウローラの記憶が目覚めていない、もの知らずで気弱なラムだった頃の話だろう。

記憶を取り戻してからは、すっかり以前の私に近い性格になってしまったが。

「今思えば酷い状態だった。どうして、お前に指摘されるまで、何も思わなかったのか不思議なくらいに」

「それに関しては、私も少し言い過ぎだったわ。当時のあなたは、あそこ以外の世界を知らなかったのに」

五百年前の自分の倫理観を押しつけるなんて、結構な無茶振りだったと思う。

それでも、シャールは素直に私の意見に耳を傾け、自分なりに改善の道を模索していってくれた。

「いや、それでよかったんだ。結果的に私たちは救われた。だが、私がもっと早く状況を是正できていればという後悔はなくならない。お前だって、あそこまで虐《いじ》められなければ、もっと、今のように溌剌《はつらつ》とした性格になっていたんじゃないのか」

「それはないわ。幼いときから、私は無気力で気弱で病弱な世間知らずだったのよ。何もかもを諦めていて、目に見える全てに怯《おび》えていた。まあ、育てられ方や、転生魔法の後遺症もあったのでしょうね。だから、あなたがそこまで気にしなくても……」

「思えば、お前にきちんと謝罪したこともなかったな」

私を見つめ直した彼からは、ものすごく、後悔している様子が伝わってくる。言葉より態度のほうが彼の心情を雄弁に物語っていた。

「遅すぎるくらいだが……あのときはすまなかった」

私は瞬《まばた》きしながら口を開く。

「えっと……気にしないで」

シャールに向け、慌てて告げた。本当に今さらな話だ。

確かにかつては酷い目に遭ったが、行動を改めてからのシャールの進歩はすさまじく、私も彼に何度も助けられている。

どういう風の吹き回しかわからないが、彼はここでまた新たな知見を得たのだろう。メルキュール家の外へ出て、世界が広がるのは喜ばしいことだ。

私もシャールも、つい最近まで特殊な環境で育ってきた。だから、世間の当たり前が酷く難しく感じるときがある。

でも、できる限り、人々に歩み寄ることは止めたくはない。

「あなたが、こうして私に謝る日が来るなんてね。あの頃は考えられなかったわ」

「お前は全く気にしていないそうだが、このまま、なし崩し的になかったことにしたくないと思った」

シャールはまた、気まずげに視線を逸らせている。

公爵家に生まれ、学舎でもトップで、誰にもへりくだらなかったであろうシャール。

彼がこのような行動に出ることは、実はものすごい成長なのだと思う。

最初はどうしようもなくても、自分次第で改善していける。シャールを見ていると実感できた。

(それに、本人は過去を気にしているようだけど……シャールって、私が手取り足取り助けなくても、自分で勝手に考えて、ちゃんと問題を解決していける人なのよね。むしろ、こっちが助けてもらうことも多いし)

口で多くは語らず、黙って行動で示す人だ。

(もちろん、きちんと話してくれるのが一番だけど。改善しようと努力してくれているだけ進歩よね。このまま見守りましょう)

シャールのように、庇護《ひご》する必要のない人物と出会ったのは、私にとってフィーニス以来のことだ。

(師匠とも、また違うかも?)

私はずっと師匠の庇護下で弟子として守られていたけれど、そういう関係でもない。

師匠は私にとっての親、弟子たちは子供、その他の人は庇護すべき、か弱い存在だ。

だから、どれにも当てはまらないシャールに対しては、どうやって接するのが正解か、未《いま》だに答えが出ないままなのだ。

「シャール、あなたも、いろいろと考えているのねえ」

しみじみとした感情を、思わず口に出してしまう。

「当たり前だ。だが、未だ腑《ふ》に落ちないことも多い」

「例えば？」

「お前は私を好いてくれているが、私はどうして好かれたのか、実はよくわかっていないんだ。自分で言うのもあれだが、嫌われる要素はあっても好かれる要素がない」

「そ、そんなこと……ないと思うわ」

たしかに最初は、さっさと離婚しようと考えていたけれど、そのうち気にならなくなっていった。

「あなたは、私に守らせてくれないでしょ？　お世話だってさせてくれない」

「当たり前だ。私はお前の夫であって、子供ではないのだからな。世話なんて冗談じゃない」

「まあ、そうなんだけど……あなたの場合、むしろ逆にいつも私を助けてくれて、守ろうとしてくれる感じよね……強くもないのに」

「一言余計だ」

シャールはムッとしながらも、黙って話の続きを聞く姿勢でいる。

「だから、今まで近くにいた人と違って、シャールといるとなんだか調子が狂うのよ。そんな頑固な人は初めてだったから……それでかしら？」

いつの間にかシャールの行動に振り回されるようになっていき、気づけば彼が気になって仕方ない相手に変わっていたのだ。

「というか、シャールはどうなのよ。私のどこが好きなの？」

なんだか面倒な恋人みたいな発言になってしまった。気になるのだから仕方がない。

「お前の好きなところか……大体全部だ」

シャールは面倒そうに答える。

「人に言わせておいて、自分だけ言葉を濁すなんてずるいわ」

「だから言っているではないか」

「具体的に言ってちょうだい」

よく見ると、シャールは目を泳がせているし顔も赤い。冷静ぶっているが、いつになく動揺しているみたいだ。ここまで狼狽える彼を見るのは、初めてかもしれない。

「……中身」

「もっと詳しく！」

ずずいっとシャールに近づき、私は彼の顔をのぞき込む。

「もういいだろう。あれだけのことがあって、お前に興味を持たないはずがない」

「話してくれるまで、ここを動かないわよ」

「……」

シャールは観念したのか、不本意そうな雰囲気を醸しながらも、ようやく私のほうへ視線を向けた。

「ラムは特に私を守っていないつもりだったかもしれない。だが、お前がいなければ私は今頃、メルキュール家へ依頼される仕事で潰されていたはずだ。自分を救ってくれた恩人に好意を抱いた……普通の理由だろう」

「そうなの？」

「ああ。そもそも、お前が記憶を取り戻して交流するようになってからだが……割と最初の段階から好意は持っていたんだ」

たしかに、早い段階から興味は持たれていた。理由はわからなかったが、「気に入っている」とは言われていたのだ。シャールが上から目線すぎて聞き流していたが、彼は感情表現が下手すぎるだけで、全部本気だったのだろう。

本当は、思っている内容を、上手《うま》く相手に伝えられなかっただけなのかもしれない。

（もともと、気持ちを伝えるのが苦手だったのでしょうね。学舎の生活では、誰かに思いを伝える経験も積めなそうだし）

今の彼は意思伝達のために、少しずつ変わろうと努力をしている。

「私、あなたのそういう努力家なところ、好きよ」

「は、はあっ？」

いきなりどうしたのだと、シャールはのけぞる。新鮮な反応だ。

(素直に思っていることを伝えただけなのに。もしかして、自分は好きに近づいてくるけれど、相手から直接好意を示されるのに慣れていないの？)

不意打ちだという理由からかもしれないが、先ほどからシャールは顔を赤くしているし、あり得る話だ。これからはもっと、積極的に彼に好意をアピールし、攻めていくのがいいかもしれない。

(逃げるシャールが珍しいから、ちょっと、ちょっかいを出してみたいわ)

彼の動揺する様子を、もう少し見てみたいという悪戯心《いたずらごころ》がうずいた。

私は目の前にいるシャールの肩に手を伸ばし、服の上からがしっと掴《つか》む。シャールのかけた過剰な護身のための魔法は、もう解いてあるので問題ない。そもそもあれは、悪意にしか反応しない魔法みたいだし。

「な、なんだ、ラム……？」

「少し気になったの。シャールは、どうして逃げ腰なのかなって」

「うっ……」

じりじりとシャールは後退しようとするが、私が肩に手を置いているので動けない。明らかに照れている様子だが。

(次はどうしようかしら♪)

考えていると、不意に他の人の気配がした。

振り返ると、廊下の向こうから双子が歩いてくる。バルとフエは私たちを見つけると、「まだここにいたんだ」と声を上げた。遅いから呼びに来たようだ。

「なかなか来ないと思ったら、こんなところで、イチャついていたなんて」

バルの後ろでは、フエが意味深な微笑みを浮かべている。

「俺たちのことはお気になさらず。思う存分続きをどうぞ」

二人に冷やかされたシャールが、また目を泳がせ動揺し始めた。

「なっ、お前たち……見ていたのか？」

「いやあ、奥様に攻められるシャール様、新鮮でしたねえ。可愛《かわい》いです〜」

「案外押しに弱いんだね。意外だなあ」

双子の冷やかしに、シャールはたじたじだ。

「うるさい、二人とも黙れ」

静かに咳払《せきばら》いした彼は、平静を装って私に声をかける。

「ラム、そろそろ出るぞ」

後ろを向いたシャールの耳が、まだ赤いままだ。ぜんぜん、本心を隠せていない。

「はーい」

私はニマニマしたまま、魔法で着替え、同じく着替えたシャールたちと一階へ転移した。

※

一階にはウェスとティボーが揃っていた。私はまず、ティボーに話しかける。

「ティボーは、このあと、フレーシュ陛下のもとに戻るのよね？」

「あ、はい。事の次第を報告し、お礼を言わなければなりません。いろいろ、想定外だし、これからの課題もありますけど……ひとまず解決できましたから。ラムさんとシャールさんのアイテムのおかげで、これからは顔を出す記者としてやっていけそうです」

目を潤ませながら、ティボーは私に告げた。全てが解決し、感情が抑えきれないのだろう。もしくは、騎士団を辞められるのが嬉しすぎるとか。

「ええ、あのアイテムはあなたにあげるから、好きに使ってちょうだい。広場から見させてもらったけれど、あなたの演説はとてもよかったわ。顔を出す記者も向いていると思う」

「そ、そうですか!?　ありがとうございます！　自信が持てそうです！」

両手を強く握りしめる彼は、気合い十分だ。

きっといい記事を書き、人気者の顔を出す記者になるだろう。

「頑張ってね。それじゃあ、あなたはレーヴル城へ転移させるわ。私も帰ったら、フレーシュ陛下に会いに行くわね」

「は、はい。皆さん、本当にありがとうございました！」

笑顔で頭を下げたティボーに、私は転移魔法をかける。

何度か転移魔法で移動したことで慣れたのか、光に包まれた彼は落ち着いて騎士団宿舎からレーヴル王国へ戻っていった。

続いて、私は双子のほうを向く。

「フエとバルも、先に戻っていてくれる？　女性騎士たちをレーヴル王国へ転移させたのだけれど、対応を全部カノンに投げちゃったから……」

「うわぁ、カノン様、大変だ。奥様は女性騎士たちにも肩入れしちゃったの？　たしかに、この騎士団でやっていくのは大変そうだけど」

「それなら、早く戻ったほうがよさそうですね。わかりました」

双子はそそくさと、メルキュール家の屋敷へ転移した。アンたちも、あの二人とは顔見知りなので安心できるだろう。

「さて、あとは……」

続いて、私はウェスに視線を向けた。

「お互い、目的は果たせたわね」

しばらく協力態勢をとっていた彼だが、モーター教の者たちが企《たくら》みを暴かれ、まとめて総本山へ転移させられたことで、当初の目的は達成できたのではないだろうか。

たとえ国王など上層部の人間が、アンシュ王国へ戻ってきても、同じ事態になる可能性は低い。彼らのいない間に、ティボーを始めとした真実を知る者たちが活躍して、これまでより本当のことを知る人が増える流れになるだろう。

それを事前に邪魔しようにも、この国の上層部やモーター教関係者は総本山にいるので、止めることはできない。

「ウェス、いろいろあって、ゆっくり話ができなかったけれど。あなたに聞きたいことがたくさんあるわ」

ウェスも、もう騎士団に用はなく、私たちと同じタイミングでここを去るという。

「ああ、俺も、あんたに話がある。この間話をした、エルフィン族のことで」

一階廊下の壁にもたれ、ウェスがこちらを見た。

窓から吹き込んできた風が、彼の赤紫色の髪をふわりと揺らす。

「お互い、質問したい内容は同じようね」

「そうだね。まずはそちらの話を聞こうか」

先に質問する権利を譲ってもらえたので、私は遠慮なく彼に話し始めた。

「私は今、エルフィン族の師匠を探しているの。まだ生きているのか、もういないのかもわからないけれど。もしあなたの師がエルフィン族なら、何か知らないか尋ねたいから、会わせてもらえないかしら。もちろん、彼らがあまり人と関わりたがらないのは知ってる。同じエルフィン族同士でも、繋《つな》がりがないことも多いわ。でも、少しでも手がかりが欲しいの」

「俺の知っているエルフィン族は、とある場所に身を潜めて、固まって暮らしているんだ。隠れ里のありかは明かせないが、エルフィン族の知り合いに、あんたの師匠について尋ねることならできる」

「だったらお願いしたいわね。私の師匠の名前は……フィーニスよ」

私は、師の名前をウェスに告げる。

「えっ……？」

つかの間、沈黙が降りた。

「フィーニス？　嘘、だろ……フィーニスだと？」

何に驚いているのか、ウェスは急に慌て始めた。

「師匠のことを知っているの？　彼女は生きてる？　元気にしてる？」

ウェスの反応は、明らかに何かを知っている動きだ。

「生きてるも何も……」

言葉を切った彼は、何かを考えるそぶりを見せる。

「ラム、と言ったな。あんたは前に、五百年前に生きていたとも話していた」

「ええ、そうよ。訳あって一度死んじゃったけど、弟子に転生させてもらったって言ったでしょ？」

難しい表情を浮かべるウェスは、何やら考えながら私に言った。

「あのときは半信半疑だったが。もしかして、前世の名は今と違うのか？　だとすると……」

ウェスの目に期待や焦りのような色が浮かぶ。

それが何を示しているかはわからないが、私は彼の問いかけに頷いた。

「ええ、そうね。以前の名前は、アウローラというの」

「……!?」

目を見開くウェスは、明らかに何か事情を知っているようだ。

「そんな、いや、五百年前なら、年代は合っている。名前も一致している。魔法だって……」

「どうかしたの？」

「あんた、アウローラ・イブルススで間違いないか？」

「え、ええ」

いきなり本名のフルネームを言い当てられた。

隠す必要もないので頷くと、彼は深呼吸してこちらを見つめ直す。

「魔法を使って調べたが、あんたは嘘をついてはいないようだ。なら、こちらも正直に言う。俺の本当の名前はウェスペル・イブルスス。師はフィーニスで、あんたの弟弟子だよ」

今度は私が驚く番だった。

「弟、弟子？」

「俺は母親がエルフィン族だけど、幼い頃フィーニスに預けられたんだ。そっからは彼女が母親であり師匠だった」

そう告げると、ウェスペルは耳にかかっていた髪を払いのける。すると、エルフィン族にそっくりな、先の尖《とが》った耳が現れた。

「嘘……本当に、エルフィン族？　でも、それならどうして魔法が使えるの？」

男性のエルフィン族は、エポカのように魔法を使えないはずなのだ。

「父親が人間だったから。混血なんだ……これでも百二十歳」

「えっ、そうなの!?　エルフィン族と人間の間に、子供ってできるんだ……」

「たぶん、普通のエルフィン族よりは、寿命が短いと思うよ。前例は聞いたことがないけどね」

ただでさえ、結婚しなくて数を減らし続けているエルフィン族だ。人間との間に子供ができるなんて、とても珍しいことだと思う。

「あなたの言っていることが本当なら、エルフィン族の隠れ里にフィーニスがいるのね？　その里はどこにあるの？」

「この国の中にある。だから、俺はモーター教を追い出したかったんだ」

それは衝撃的な言葉だった。

「アンシュ王国は外部との接点の少ない国だ。それに秘境が多い。だから、隠れ里とするには、もってこいなんだよ」

言うと、ウェスペルは足元に転移魔法を展開し始めた。

「二人くらいなら、連れて帰っても文句は言われないだろう。シャールは、アウローラの夫ということだし。来たいなら来れば？」

シャールは黙って私の手を取り、そして頷いた。

「ああ、同行させてもらおう。アウローラの師が気になる」

ちょっと個人的な欲望が漏れている。

(もしかすると、ランスの話していた隠れ里って、ここのことだったのかもね)

そこまで考え、私はふと、ウェスペルのことを考えた。

「あの、ウェスペル……寄り道になってしまうけど、いいの？　用事が済んだあとは、大陸へ向かうんじゃなかった？」

「急ぎじゃないから大丈夫、そっちも調べ物なんだ。エルフィン族って、同族の死を感知できる能力があるんだけど、最近一人死んだみたいで……その原因を知りたくて」

「あ……」

なんだかものすごく心当たりがあったため、声を上げてしまった。

（私、その人物をよく知っているわ）

シャールも身に覚えがあるためか、慎重になっているようだ。黙ってウェスペルの様子を眺めている。

「おいおい、どうしたんだ？　もしかして、知り合いとか？」

私はシャールと顔を見合わせ、小声で話し合う。

「どうしましょう、怒られるかしら」

「だが、誤魔化してもあとで面倒なことになりそうだ」

「そうよね。なら、ここで本当のことを話しましょう」

私たちは覚悟を決めた。こちらにはこちらの言い分があるのだ。

「あの、ウェスペル。ものすごーく言いにくいんだけど、実は、エポカ——そのエルフィン族を倒したのって……私たちなの。多くの人々にとって、彼は脅威だったからやむをえず」

「脅威？」

話せばわかってくれるはずとは言い切れないが、私は前世の死因やモーター教発足のこと、今世で彼が引き起こした諸々《もろもろ》について、順を追ってウェスペルに説明する。

彼は黙って話を聞いてくれた。

「……というわけで、モーター教を創立したエポカは、前世に引き続き、大量の危険なアイテムを今世でもばら撒いていたの。それどころか、自分自身の体までアイテムに変えちゃっていたわ。すごい技術よね、生きながら魔法アイテムになるなんて」

ウェスペルはなんとも言えない顔になっていた。

「もしかして、エポカの知り合いだった？　仲良しだったりする？」

少し気まずくなり、彼の顔をのぞき込む。

「いや、会ったことはないよ。でも、フィーニスが彼を嫌っていたから、不思議に思っていたんだ。まさか、エルフィン族に、そんな奴《やつ》がいたなんてな」

「えっ、師匠が？」

それはとても珍しい。

（あからさまに、他人に対して強い感情を向けるなんて）

基本的に、エルフィン族は他人に興味がない。執着という概念が薄い種族である。

細かな好き嫌いはあるが、特別な嫌悪という感情は抱きにくいのだ。

「フィーニスは詳しいことは話さないが、あんたが死んだ事実は知っていた」

「そう、なのね。だとすると、師匠には心配をかけてしまったわね」

私が死んでしまったことに対し、彼女は何を思ったのだろう。

感情の薄い女性だったが、子供の頃から育てた弟子の死を知って、何も思わないとは考えられない。そう信じたい……。

「もしかすると、アウローラの死因も把握していたのかもしれないな。死んだエルフィン族の男の仕業ということも、知っていたのかも……」

それも考えられる。フィーニスなら、調べようという意思さえあれば、簡単に事態を把握できたはずだ。

「エルフィン族には、互いに攻撃しない取り決めがある。それに、フィーニスは、あまり人の世に関わりたがらない。だから、エポカという男を直接始末することこそなかったが……彼が死んだときのフィーニスは、かなり珍しい反応をしていたから、俺も気になっていたんだ」

エルフィン族が互いに争わないという話は、昔に聞いたことがある。理由はシンプルに、魔法で争う際の規模が大きくなりすぎるから。

例えば、師匠のフィーニスは長生きで魔力量も多いので、私よりいろいろなことができてしまう。羨ましいが、今のところ種族差はいかんともしがたい。

そんな彼女が、同等の実力を持つエルフィン族と争えば、互いの魔法攻撃で一国が吹っ飛ぶ恐れがある。

そういうわけで、エルフィン族は男でも女でも互いに争わないのだ。今現在、どれほどエルフィン族が残っているかは知らないが……。

（でもそっか、師匠、エポカに怒ってくれていたのね）

普段から「面倒くさい」以外の感情を表に出さない人だった。

私を娘兼弟子として育ててくれたけれど、彼女のわかりやすい愛情表現など見たことがない。そんなフィーニスが、露骨に感情を表してくれたと聞き、少し嬉しくなる。

「おそらく、フィーニスは、あんたの転生に気づいていない。でも、会いたがっていると思う」

「私も師匠に会いたいわ。話したいこともたくさんあるの」

五百年前の、フィーニスとの別れは呆気《あっけ》ないものだった。

だから、フィーニスが自分に会いたいと思ってくれているかは、長年わからなかったが、ウェスペルの話を聞いたら、会いに行っても大丈夫な気がしてくる。

「それじゃあ、三人で転移しよう」

ウェスペルは再び魔法を展開すると、私とシャールをエルフィン族の隠れ里へ転移させた。体が淡い碧色《あお》の光に包まれ、気づけば足元にしっとりとした草の感覚がある。

ふわりと、新緑の香りが鼻をかすめた。

眩《まぶ》しい光が収まり目を開くと、目の前には苔《こけ》むした大きな岩が、巨木に囲まれるようにして並んでいる。

「何、ここ」

「アンシュ王国の秘境の奥の奥。この辺りの木はエルフィン族より長生きなんだ。こっちだよ」

ウェスペルは軽い足取りで、岩の間を進んでいく。

慌ててついていこうとした私は、湿った草で足を滑らせ、後ろにいたシャールに抱き留められた。

「足場が悪いな。ラム、一人で走ると転ぶぞ」

差し出されたシャールの手を不本意ながら握る。これではまるで、保護者に誘導される子供みたいだ。

シャールは危なげない足取りで、ウェスペルを追った。魔法を使うまでもないのだろう。

「わっ、ちょっと待って、シャール……」

今世の体は、あまり運動神経がよくない。仕方ないので、シャールに手を繋がれたまま、浮遊の魔法でズルをした。これなら、転ばずに済む。

森の中の静かな空間が心地いい。エルフィン族は本来、こういう場所を好むのだろう。

岩の間を抜けると、いかにも魔法で作られたと思われる、生きた木の門があった。

門は静かに佇《たたず》み、淡い色の花を咲かせている。

そこでウェスペルは一度立ち止まった。

両脇には魔法アイテムの明かりが灯《とも》されて、やや暗い森の中はぼんやりと光っている。

日の差し込む場所は穏やかで明るいが、日の差さない場所は薄暗くて肌寒い。

「ウェスペルはここで育ったの？」

「ああ、うん。エルフィン族に囲まれてね。でも、子供の頃はフィーニスによく外へ出してもらった。半分が人間なんだから、人の世界も知る必要があるって」

「なるほど……」

私は人間だったし、王都で育てられた。

けれど、ウェスペルはエルフィン族と人間の両方の性質を受け継いでいるから、フィーニスなりに試行錯誤したのだと思う。

「この里には、フィーニスと俺の他、男のエルフィン族が数名いるくらいだ。俺たちは隠れ里と呼んでいるけれど、本当に小さな朽ちかけの集落だよ」

私は門の奥を見渡す。

時が止まったかのような風景の中、ところどころに魔法アイテムっぽい物体が設置されていた。キノコや木の実に似せた発光アイテムに動く階段、家一軒が丸々入りそうな巨木の周囲にも何かが取り付けられている。

「俺たちはああやって、巨木の中を改造して住んでいるんだ。魔法があれば居心地は悪くないからね。集落の置き石は温度や湿度を調整するアイテムだから、勝手に触らないように」

どこからともなく青い鳥が飛んできて、門の脇に停《と》まった。

「これは、里の見張り。怪しい奴が近づいてきたら、別の場所へ強制転移させるアイテムなんだ。うちは男手は多いから魔法アイテムに困らない」

「男手？」

「うん、男のエルフィン族は魔法が使えないから、日々魔法の研究やアイテム作りに精を出す人が多いでしょ？　いろいろ作っては、設置してくれている。ここにはうるさい人間たちがいないから作業が捗《はかど》るんだって」

「なるほどね。一理あるわ」

昔も今の時代も、エルフィン族が人里で魔法に関わる仕事をしていれば、口を出してくる人間は多そうだった。

(生活の質を上げるために助けて欲しいとか、権力を盤石にするために力を貸せ~とか……)

前者はまだいいが、後者はエルフィン族にとって煩わしいだけだと思う。そして、権力者ほど、魔法知識を持つ者を強引に囲い込もうとしてくる。

魔力持ちが迫害される現代であっても、利用しようとする輩《やから》は多いに違いない。

現にメルキュール家がそうだった。彼らにしていたように、迫害しながらも魔法の恩恵にあずかろうと、一方的な搾取を行いそうだ。

(どこかに閉じ込めて、休みなくアイテムを作らせ続ける……とかね)

人間であっても忌避すべき待遇に、誇り高い孤高の種族である、エルフィン族が耐えられるわけがない。

そんなものには、最初から関わらないのが、彼らなりの賢い生き方なのだろう。

だからこそ、彼らは人の前から姿を消したのかもしれない。

(五百年前のフィーニスは、王宮付きの魔法使いとして、それをやっていたわけだけれど)

彼女の行動は例外中の例外。

魔法使いが迫害されていなかった時代であっても、あれは相当珍しいことだ。

「ここに集まっているのは、いい研究環境だというほかに、自衛の意味もあるんだと思う。いざとなったら魔法を使える俺やフィーニスがいるから、一人でいるより生存確率が上がる。対価として、彼らは里の維持に必要なアイテムを提供してくれたり、新たなアイテムをお裾分けしてくれたりしているよ。付き合いは最低限であっても、それなりに里として機能できている」

「男性のエルフィン族だって、護身用の魔法アイテムくらい作れるでしょうに。それこそ、過剰防衛が可能なくらい」

「うん、それはそう。彼らのアイテムは本当にすごい」

ウェスペルも、そこに異論はないみたいだ。

「けれど……これは個人的な意見だけど、現在の魔法のほぼない世界で、エルフィン族の中にも、自身と共通の価値観を持つ相手を無意識に求めている存在がいて、それがここに住む人たちだって思うことがある」

「フィーニスを中心としたこの里は、そんなエルフィン族たちの集まりだってこと？」

「俺は半分人間だし、彼らの全てがわかるわけじゃない。でも、上手く言えないけど、そうじゃないかって思えるときがあるんだ」

「エルフィン族は孤独を感じるのかしら？　私にはそうは思えないわ」

「個人によりけりじゃないかな。でも……少なくともフィーニスに関して言えば、孤独を理解しているように思えたよ」

ウェスペルはふと、視線を逸らして下を見た。

そんな彼は、まるでフィーニスの気持ちを慮《おもんぱか》っているような表情を浮かべている。

（少なくとも五百年前のフィーニスは、あっさり私を置いて消えてしまった……情がないとは言わ

ないものの、他人について、そこまで深く考えたりするのかしら）

多少の思い入れはあっても、孤独という概念には縁遠いように思う。

（私がいなかった五百年の間に、何か変化があったのかしら？）

未だ理解できていない私を見て、ウェスペルは困ったような顔で微笑んだ。

「俺は昔のフィーニスは知らないけど、今の彼女のことなら理解できる。ラムのことは絶対に大事に思っていたよ」

そうだと嬉しい。

（私のほうは、フィーニスのことが大好きだったから）

やや前向きな気持ちを抱きながら、風変わりな里の小道を移動し続ける。目に映る、一つ一つの魔法に関する事柄が新鮮で懐かしい。

五百年前と比べても、人の暮らしている場所とはまた違った魔法のよさがある。

シャールを見ると、彼もまた酷く心を奪われた様子だった。私と手を繋いだまま、魔法アイテムの取り付けられた巨木を食い入るように見つめている。

彼はもともと魔法が大好きで、アウローラ関連以外の古い魔法書もコレクションしていた。筋金入りの魔法マニアだ。

まさにここは、彼にとって宝の山なのだろう。

「すごいな、こんな光景は生まれて初めて見た」

「ええ、私もよ。五百年前に私が見ていた景色ともまた違う」

幻想的な光景の中に、心を揺らす魔法アイテムが散らばっている。全部分解して、中を見てみたい。

「二人とも、里に入るよ」

いつまで経《た》ってもその場を動きそうにない私たちに、ウェスペルが先へ進むよう促す。

彼が門の飾りに手をかざすと、しゅるしゅると木が動き門が開いた。

「魔力を登録した者以外には開かない仕様になってる。無理に門を乗り越えると、あの鳥が反応して別の場所へ飛ばされるんだ。その場所がどこかまでは、俺にもわからないけど」

若干心配になる話だ。世界のどこであろうと、今の私なら転移で戻ってこられるけれど、異次元や異空間となれば手間取るだろう。そんな場所へは行ったことがないので。

「……私たち、門をくぐって大丈夫かしら?」

「うん、俺がいるから平気。一度門が開いてしまえば、登録者以外が入っても問題ないよ」

「ならいいけど」

門の中へ足を踏み入れた私は、巨木の立ち並ぶ小さな集落を進む。空中に浮きつつ、私は一軒一軒を、つぶさに観察した。

「木の側面に、くり抜いたような形の扉があるわ。ここがエルフィン族の家なのね。変わった住まいだけど楽しそう」

「そこはフィーニスの家じゃないよ。彼女のは、橋の向こう側にあるんだ」

見ると、奥に小さな池が見える。

池の上には、薄ぼんやりとした明かりが、泡のようにふわふわと浮いて辺りを照らしていた。私たちの足音と水音、木の葉がすれる音以外には何も聞こえない。生き物の気配すらない。

木でできた細い橋は池の中に生えた、巨木の家と家を繋いでいるようだった。

「この橋を進んだ先の、真ん中の大きな家にフィーニスがいるよ。巨木はすごく古いけど、魔法を使っているから中は快適なんだ」

ウェスペルの言葉から、彼がこの場所を好いているのがわかる。

目的の家の前まで来ると、ウェスペルは古い木の扉を開けて声を上げた。

「フィーニス、帰ったよー！　お土産も持ってきた」

しかし、返事はない。彼女のことだから、家の奥で作業でもしているのだろう。

五百年前も、そうだったように。

「ラム、シャール。入って」

彼に促され、私たちは巨木でできた家にお邪魔する。家の中は外から想像できないような広い空間が広がっていた。

「拡張の魔法と温度や湿度調整の魔法、内装を変化させる光魔法も使っているわねえ。さすが師匠だわ」

「お前が我が家の執務室に使った、あの、とんでもない魔法のようなものか……」

「おどろおどろしい部屋が可愛くなったんだからいいでしょ？」

「よくない。しかも、解除を妨害する魔法まで二重にかけているなんて悪質だ」

シャールがブツブツ文句を言っている。

あんな可愛い空間をなくそうとするなんて信じられない。「阻止する」の一択だ。

「まあ、ここの内装は、うちの執務室と違って悪くないが。それにしても、不思議な道具がたくさんあるな。五百年前には、こういったものが存在したのか……」

「全部知っているわけではなくて、初めて見るものもたくさんあるわ。五百年経っているから、その間に新しいアイテムも生まれているのでしょうね……ああ、分解したい」

「……そうだな、ぜひ解体してみたい」

同意の言葉が返ってきた。さすが、シャールだ。

こういうところは、気が合うと思う。

ウェスペルについていくと、魔法で動く昇降機があった。ちょっと狭いが三人で乗り込むと、それは上昇して別の階層へ移動する。

「二人とも、こっち」

この巨木の中には、縦にいくつかの部屋があるようだった。

（魔法の昇降機は五百年前にもあったのよね。懐かしいわ……）

思い出に浸っていると、昇降機が止まる。

目の前には、居間のような部屋が広がっていた。

古めかしいテーブルや椅子、奥には火の消えた暖炉もある。

（あ、暖炉の前の長椅子に誰かいる）

読書をしているのだろうか、長い黒髪を持つ人物の後ろ姿が見えた。

「フィーニス、帰ったよ」

改めて、ウェスペルが声をかける。

その人物は気だるげに本を閉じて、長椅子に腰掛けたまま返答する。

「やけに早い帰還ですねえ、もう同胞の死因を突き止めてきたのですか？」

「ああ。それと、あんたに会わせたい人がいる」

「……この家に他人を上げることは許可していません」

「他人じゃない。あんたの、娘のようなものだ」

「はあ？　何を、よくわからないことを……」

不満そうな声を漏らしたフィーニスは、ふとウェスペルの前に立つ私に気づいて声を失う。

「……アウローラ？」

変わっている部分もあるのだが、一目見て私だと気づいてくれたようだ。

「師匠、五百年ぶりね。会いたかったわ」

平静を装おうとしたが、思わず声が震える。

私はそっとウェスペルの前に出て、フィーニスのほうに歩み寄った。

フィーニスは、目を見開いたまま立ち上がり、その場を動かない。

「ここに、いたのね……」

彼女がいなくなったあとも、ずっとずっと、その存在を求め続けていた。急にいなくなられて寂

しくて、どうすればいいのかわからなかった。

本当は、傍《そば》にいてほしくて仕方がなかったのだ。

「アウローラ、お前、死んだのではなかったのですか？」

揺れる緑の瞳が私を凝視している。僅かながらも、動揺している様子だ。

「今いるということは、冬眠魔法……いや、転生魔法？　延命魔法……？」

フィーニスはすぐさま、私の立つほうへ回り込む。

エルフィン族だからか、普通でない事象でも受け入れるのが早い。

「ふむ、魔法の痕跡は残っていますね。もっとよく見せなさい」

「えっと……師匠？」

ペタペタと体を触ってくる彼女は、私が生きている理由を探っているようだ。

（やっと会えたというのに。そんなに転生魔法が気になる？）

こういうところは相変わらずだ。思わず微笑みながら答えた。

「転生魔法よ。エペとグラシアルが、協力して生き返らせてくれたの」

私はエポカの魔法アイテムによる事件など、ざっくりと、当時の出来事をフィーニスに説明する。

「……というわけで、転生して今ここにいるの」

「なるほど。あの子ウサギと王子が禁断魔法を……あれらは、あなたに懐いていましたからね。それぞれ己の命をかけたのですか。代償なしでの転生魔法を実現させられた者は、私の知る限りいないですし。代償があっても失敗する代物です。問題がないこともないが、今のお前を見る限り、魔法はほぼ成功したと言っていい」

　私をまじまじと見つめ、フィーニスは満足げに頷く。

「あなたの弟子は、なかなかいい仕事をしました」

「私は、あの子たちが、簡単に自分の命を犠牲にするなんて思わなかった。もう二度とそんなことをしてほしくないわ。ランスも延命魔法で五百年も生きていたし」

「それを子ウサギや王子、無属性が聞き入れるとは思えませんが。あのような事件はそうそう起こらないので、大丈夫なのでは？」

　ウサギの名を襲名したエペを、昔からフィーニスは「子ウサギ」と呼んでいた。エペ本人はとても嫌がっていたが。

　さらに、彼女は当時いた国の第二王子だったグラシアルも、そのまま「王子」と呼んでいる。

　ランスに至っては、「無属性」だ。そのまますぎて酷い。

　エルフィン族から見た人間の見分けなど、そんなものなのだろう。

　私をアウローラと名付けてくれたのが奇跡だ。

「師匠……会いたかったわ、とても。急にいなくなってしまって、ショックだったのよ」

「あなたは十二歳で魔法使いとして独り立ちしたはず。一人で不自由なく生きていける程度には魔法を教え込んだはずですよ」

「それでも、別れの挨拶くらい、してくれてもよかったと思うわ」

　フィーニスは少し考え、そして頷く。

「たしかに、早急だったかもしれません。あのあと起こった出来事は私の予想外でしたから」

それはそうだろうと思う。

エポカも、フィーニスが国に残っていたなら、あそこまで大規模な悪さをしなかったかもしれない。

たとえ、エポカが何かやらかしても、彼女なら初手で鎮火できていた可能性もある。

フィーニスと比べると、私はまだまだ未熟だったのだ。

「あなたが私の跡を継いで王宮魔法使いになり、すぐに犠牲になったと聞いたときは後悔しました。私がもう少し長く、あの街に留《とど》まっていればと……」

「犠牲になるつもりはなかったんだけど、結果的にああなっちゃった」

自分としても、もっと上手いやりようがあったのではと後悔している。

だが、成り行きとはいえ、代わりに得たものもあった。

「あ、そうだ師匠。紹介したい人がいるの」

私はウェスペルの横に立つシャールのもとへ向かい、再びフィーニスを振り返った。

「今世の私の夫よ。シャールっていうの」

「……夫?」

「ええ、記憶が戻ってからいろいろ助けてもらって、エポカ退治にも協力してくれた」

エルフィン族を見るのが初めてのシャールは、やや戸惑っている。

フィーニスもフィーニスで、私が結婚していたことに驚いているようだ。

「まさか、あなたが結婚するとは驚きです。するにしても、相手は弟子の誰かだと思っていましたよ。彼らはあなたを崇拝していたので」

「崇拝……」

頭の中を、ランスの「アウローラ教」がよぎった。

（いやいやいや、あの子たちは親や師として、私を慕ってくれているのよ。それが変な方向に行ってしまっているだけで）

シャールもアウローラ教について考えているようで、なんとも言えない意味深な表情を浮かべていた。

「はじめまして、私はフィーニス。この子の育ての親であり、師に当たる者です」

「……シャール・メルキュールだ。現在はレーヴル王国の伯爵家の当主をしている」

「なるほど、貴族ですか」

「形ばかりのな。ラム……アウローラの二番弟子が治めている国の貴族だ」

「ラム？」

フィーニスが首を傾《かし》げたので、慌てて補足する。

「今世の私の名前、ラムって言うの。テット王国のイボワール男爵家の娘に転生して、そこで名付けられた名前なの」

「なるほど、貴族の子として生まれたのですね」

「今はその男爵家、潰れたっぽいけど……」

あのあと、イボワール男爵家は没落したそうだ。

かなり資金繰りが難しかったらしいので、いつ没落してもおかしくない状況だった。

私の様子を見て、フィーニスは、状況を悟ったようだ。

「今世も、実の両親との縁が薄かったのですね。『王子』も、今世はまた王族に転生しているようですし……ままならないものです。転生先指定が失敗した場合の、転生先の決定要素と前世の生まれとの共通確率については、興味深い研究課題になりそうですが、転生魔法の成功例自体が極端に少ないため、現段階での調査は難航しそうですねえ」

「転生先は選べなかったけど、私もあの子たちも、今世でそれぞれ楽しくやっているわ。弟子たちに至っては、前世よりも成長しているし、私も彼らが立派になって嬉しいの」

「孫弟子まで全員生き残っているとは。長い人生の中で、あなたたちは私を楽しませてくれますね」

五百年ぶりの再会にもかかわらず、フィーニスは僅かに微笑んだだけだ。あっさりした反応だが、これがエルフィン族なのである。

昔読んだ文献や、フィーニスから聞いた話でも、「エルフィン族は、そういうもの」と定義されていた。

(エポカは例外的に感情表現が豊かだったけど。あれは長く人間の傍にいたからなのかしら？　野望が成就しそうでタガが外れた？　または自分が魔法アイテムになっちゃったせいで人格移行時に歪《ゆが》みが生じた……とか？)

私は二人しかエルフィン族を知らない。

しかし、フィーニスの今の言動は、感情の振り幅が大きいほうではある。彼女は滅多なことでは笑顔を見せないのだから。

「ところで、ウェスペルとの交流も済ませたようですね」

「ええ、エルフィン族と人間の混血で、私の弟弟子だと聞いたわ」

「そうです。年齢は百二十歳ほどでしたか……あなたの末の弟弟子ですよ」

「ん……？　末……？」

ということは、ウェスペル以外にもフィーニスは弟子を取ったのだろうか。

私の疑問を感じ取ったように、フィーニスが頷く。

「アウローラといたせいか、どうも静かなだけの環境が味気なくなってしまって。あなたとウェスペルの他に二人ほど弟子を取ったのです。人間の世に干渉するのは懲りたので、捨て子を拾って、静かな場所を移動しながら過ごしていました」

「その弟子たちは、人間……？」

「一人は人間で、三百年ほど前に寿命を終えています。一人はエルフィン族の男で、今は世界各地を旅しているそうです。ここ百年ほどは、姿を見ておりませんがね」

なんともエルフィン族らしい話だ。

「へえ、私が一番の、お姉さんってわけね」

機会があれば、エルフィン族の弟弟子とやらに会ってみたいものだ。

「あ、そうだ。よかったら師匠、レーヴル王国にある、うちの家に遊びに来ない？」

「今の人の世に、わざわざ見る価値があるとは思えません」

「あら、価値は自分で見つけるものよ。今の家は離れ小島だから、住人はメルキュール家のメンバーだけ。王都より格段に静かだと思うけど……あ、子供たちは賑《にぎ》やかね」

「アウローラ、あなた、今世では、子を産んだのですか？」

皆、「子供」と言うと、私が産んだ子のように思ってしまうらしい。

「違うの、血は繋がっていないのよ。今の世では魔力持ちは冷遇されているでしょ？　訳あって、メルキュール家には、そういう子たちが集められているの」

「なるほど、おおよそ、その子供たちが気になって、今の家に居着いたというわけですか。あなたは昔から子供を拾うのが好きでしたが……今世でも変わらないようですね」

当たらずも遠からずと言ったところだ。

「居着いたきっかけは、そんなところかしら」

もちろん、今では、それだけが理由じゃないけれど。

「いずれにせよ、あなたが今世で問題なく過ごせているのなら、それでいいです。長生きはするものですね……」

そう告げて、またフィーニスは微笑んだ。

※

珍しく笑顔を見せたフィーニスを目にし、ウェスペルは僅かに驚いた。

偶然が重なり、仲間になったラムは、本当に自分の兄……いや姉弟子のアウローラだったのだ。

（こんなことって、あるのか）

転生魔法の存在は知っていたが、リスクが大きすぎて試したことはない。一《いち》か八《ばち》かの非常時にしか使わない魔法なのだ。

兄弟子には一度だけ会ったことがある。

男のエルフィン族なので、魔法は一切使えなかったが、高度な魔法アイテムを数多く生み出していた。昔すぎて記憶があやふやだが、その知識の豊富さに感動した覚えがある。

そして、彼と自分の目標は同じところにあった。

男のエルフィン族が魔法を使えるようになるためには、どうすればいいのだろうか、という研究を成功させることだ。

大半のエルフィン族が面倒になって投げ出してしまった研究を、当時の兄弟子は諦めていなかった。エルフィン族の中では若い部類だったという理由もあるのかもしれないが。

（俺の目標は、エルフィン族になること。半分だけでなく、完全なエルフィン族になりたい）

まず、何がいいかというと、寿命が全然違う。

ウェスペルはおそらく、フィーニスの半分ほどしか生きられないだろう。

前例はないが、成長速度が我々より倍速いと、この里にいるエルフィン族から教えてもらった。

(今は人間の二十歳前後の姿で止まっているけど、そこまで成長した速度はエルフィン族の半分程度なんだよな。だから、寿命もエルフィン族より短いと推察できる)

でも、ウェスペルは長生きしたいのだ。できれば、延命魔法に頼らずに。

そうして、もっともっと、たくさんの魔法知識を吸収したい。エルフィン族と一緒に英知を探求したい。真の意味で彼らの仲間になりたい。

(それに……)

ずっと、フィーニスの傍にいてやりたいとも思う。

(ラムが一番弟子で、二番弟子は会ったことのない人間……三番弟子はエルフィン族で、四番目が混血の俺)

フィーニスの三番弟子も四番弟子も人間ではない。

彼女は敢《あ》えて、自分より極端に早くいなくなる人間を傍に置くのを避けているのではないだろうか。

俗世を嫌っているのもあるが、それにしても人と関わりたがらない。

だから、いつ尽きるかわからないフィーニスの寿命がくるまでは、傍にいてやりたいと思ってしまう。

ただ、問題もあった。

(完全なエルフィン族になっても、男では魔法を使えない)

ウェスペルは、今のように魔法を使えるまま、エルフィン族になりたいのだ。

（ついでに、アウローラも、エルフィン族になったらいいんじゃないか？）

それは、とてもいい考えのように思えた。

エルフィン族としては不十分で、人間の世にも上手く馴染《なじ》めない。自分はどっちつかずの存在だ。

だが、母のようなフィーニスと、姉のようなアウローラが傍にいてくれれば、ウェスペルの生活もまた楽しくなりそうな気がするのだった。

6 伯爵夫人、我が家へ帰る

フィーニスと再会して別れを告げたあと、私とシャールは、ようやくメルキュール家の庭へ戻ってきた。久しぶりの我が家は、やはり落ち着く。

あのあと、フィーニスやウェスペルと話し合い、二つの拠点を結ぶ転移アイテムを双方の敷地に設置することにした。

エルフィン族の隠れ里は閉鎖された場所なので、人間の過度な行き来は嫌がられるらしい。だから、フィーニスの家とメルキュール家の敷地を直接繋《つな》げる魔法アイテムを設置すればよいだろうということになったのだ。

これがあれば、簡易版の転移魔法で生じる誤差も発生せず、確実に指定された場所へ行き来できる。

(本当は、精密なほうの転移魔法を使えばいいだけなんだけれど……面倒だから簡易版を使いがちなのよね。多少ずれても問題が発生するケースは稀《まれ》だし)

(でもまあ、エルフィン族の里を荒らしたくはないから、アイテムがあってよかったわ)

帰って早々だが、私は当のアイテムを片手に持ち、うろうろと庭を歩き回る。

一見、白くて四角い石のように見えるアイテムだが、中にはきちんと転移魔法が発動する仕掛けが組み込まれている。

「さてと、このアイテムはどこに置きましょうか」

屋敷へ向かって庭を進みつつ、隣を歩くシャールに話しかけた。

「屋敷の中に、常時出入りされるのは落ち着かないから、やはり庭だな」

「あなたの言うことにも一理あるわね。私は師匠と親子みたいなものだけれど、シャールはそうじゃないし。ウェスペルも遊びに来るでしょうし。庭の中に転移用の場所を決めて、訪問があった場合すぐわかるように、常時発動型の魔法アイテムを置いておけば出迎えもできるわ」

「魔法アイテム……」

「ただねえ、そのアイテムの材料、今世では手に入りにくくて……商会を営んでいるエペに頼んでみましょうか」

「それはいい考えだ。お前の頼みならあいつは意地でも……世界の果てからでも材料を取り寄せるだろう」

「大げさだけど、そうかもしれないわ。器用な子だから」

「そういう意味ではないが。まあいいか」

のんびりと、暖かな島の陽気を満喫しながら歩いていると、不意にいいものが目に入った。庭の片隅に佇《たたず》む大きめの東屋《あずまや》だ。

「あそこ、アイテムを置くのにいいかも」

わかりやすいし、アイテムの設置もしやすい。

全体的に雨風を防ぐ魔法をかけておけば、転移の際も濡《ぬ》れずに済む。

「あそこは、あまり使っていない。好きにすればいい」

「ありがと！　今度、カラフルに塗り替えておくわ」

「……」

好きにしろと言ってしまった手前、シャールは反対できないようだった。ちょっと悔しそうである。

「さてと、設置完了……」

東屋にアイテムを設置した私は、ぱんぱんと手を払った。

「師匠に会うまで時間がかかるかと思ったけど……これからの目的も、達成できちゃったわ」

誰もいない庭で、なんとなく二人とも黙り込んでしまう。

（あ、そうだわ）

ちょうどシャールに伝えたいことがあった私は、今がチャンスとばかりに、早口で彼に話しかけた。

「あのねシャール。アンシュ王国であなたの話を聞いて思ったの。私、他人の感情がわかっていなかった。エルフィン族に育てられたからか、どうも昔からその辺が苦手で……思えば過去の私は、あなたに対して言いたい放題だったわよね」

「それは仕方ない」

「でも、少し傲慢だったと思うわ。私が魔法で全部解決できるからと言って、あなたたちがそうだとは限らないのに。安全な場所から文句を言ってごめんなさい」

「人付き合いについては、私も他人をとやかく言えない。だが、そんな中でラムは、自分にできる人助けを精一杯やってきただろう。その事実は揺るがない。前世のように命をかけるのはやりすぎだから、止《や》めてほしいが……」

私はシャールを見上げた。

彼はそんな風に思っていたのかと、ちょっと感慨深く思いながら歩を進める。

「だから、手の届く範囲の人助けなら、私にもできるのではないかと思った。例えば、この屋敷に他人を雇うとか」

「シャール……」

警戒心の強い彼にしては、珍しいことだ。

「特に料理ができる者を増やそう。お前の手料理が振る舞われる確率が減れば、学舎にいる子供も安心するだろう」

「一言余計よ？」

私は五百年前から料理をしていた、いわばベテランなのだ。何故《なぜ》か、フレーシュ以外には不評だが。

「でも、そうねえ。お互い、社会勉強を頑張るのを目標にするのもいいわね。幸い、ここは新天地だし、環境は整っているわ」

「ああ、そうだな。私もお前に与えられてばかりでなく、返せる人間にならなければ」

シャールはそう言うけれど、私は彼にかなり助けられている。

（自己評価、低くない？）

彼の横顔をずっと眺めていたら、シャールが不意にこちらを向いて目が合った。

「……！」

こんな風に視線が合うと、未《いま》だに落ち着かない。

「どうした、ラム？　そんなにじっと見つめられると、気になるのだが？」

これは、わかっていて言っている。

（ちょっと笑っているし）

私が照れる様子を見て、からかっているのだ。

そう理解しているはずなのに、ますます恥ずかしくなってしまう。押しには弱いくせに、攻める側に回るとシャールは強い。

「見てないわ！　シャールが自意識過剰なの……っ」

言いかけ、私は不意に後ろ向きに体勢を崩した。小石を踏んでバランスを崩してしまったのだ。

こんな場面で、締まらない。

（た、倒れるっ……！）

それを見て、隣を歩くシャールが慌てて私を支える。

「……っと、危ない」

こちらを心配するシャールの顔が近い。

不可抗力とはいえ、今にも唇がつきそうな距離だった。

「ラム……」

息が届くほど近くで囁《ささや》かれ、耳が熱くなる。

「あ、えっと、大丈夫。支えてくれてありがっ……んん?」

唇に温かなものが触れた。追って、自分が何をされているのか理解する。

二度目の感触に頬も熱くなった。

「やはり私はお前が好きだ」

唇を離したシャールが、わかりやすく好意を伝えてくれる。

「……そ、そう。それは、ありがとう」

恥ずかしくなって、つい視線を下げてしまう。

(もっと上手《うま》く、応えられたらいいのに)

どちらもコミュニケーションに難のある二人だ。

お互いに相手を好きな気持ちは変わらないが、表現方法がつい、ちぐはぐになってしまう。

(いいえ、シャールはちゃんとできているのよ。私が対応しきれていないだけで)

いい加減、恥ずかしがらずに、いつでも好意を示したい。

これからも、行き当たりばったりかもしれないけれど、少しずつ夫婦らしくなっていきたいと思う。そういう気持ちはあるのだ。

シャールに抱えられたまま、もじもじしていると、不意に屋敷の扉が開いた。

中から、物言いたげな双子が揃《そろ》って出てくる。私は焦った。

「フエにバル！　ち、違うのよこれは……そ、その……」

あたふたする私を気にせず、二人はこちらを向いて訴えた。

「ちょっと。シャール様に奥様、戻っているなら教えてよね」

「屋敷に顔も出さずに、何外でイチャついてるんですか？　なかなか帰ってこないから心配しましたよ。サボりですか」

「フエ、お前に言われると複雑だ」

私とは違い、シャールは冷静に答えている。フエにはサボり癖があるので。

「伝達魔法でも知らせたが、ウェス……ウェスペルと共にエルフィン族の里まで行ってきたのだ。あいつは、ラムと関わりのある人物だった」

「あ～、やっぱり。あれだけ魔法が使えるのなら、何かあると思いました～」

「最近、奥様関連のあれこれが多いよねー」

ウェスペルについて、私たちはまだ彼らに詳しい話をしていない。だから、私はざっくりと、これまであった出来事を双子に話した。

「……というわけなの。それで、なんと彼は私の弟弟子だったのよ。偶然とは言えびっくりだわ。半分、エルフィン族なんですって」

自分でも信じられない。

まさかこんな、奇妙な巡り合わせがあるなんて。

「偶然が重なって師匠にも会えたし、本当に嬉《うれ》しくて……」

喜びで言葉も出ない私を、シャールが支えてくれる。なんだか今日は、胸がいっぱいになる出来事ばかりだ。

「ところで、カノンたちは……？」

シャールが双子に尋ねると、ちょうどカノンも私たちの帰還に気づいたようで、屋敷の階段を下りてきた。

彼の後ろにはアンたち三人組と班長を始めとした先輩騎士たちもいる。全員、無事にカノンに説明できたようだ。

なぜか班長や取り巻きたちが「あの子が伯爵夫人だったなんて聞いていないわよ」と、青い顔で縮こまっているが。

「母上、おかえりなさい」

「ただいま、カノン。元気にしていた？」

「ええ、元気ですし、屋敷も問題ありません。でも、母上が急に人をたくさん送ってくるからびっくりしました」

「ごめんなさい、事情があってね。手紙、見てくれた？」

「はい。この方たちは母上の友人と騎士団の先輩で、レーヴル王国で仕事を探されていると」

「そうなのよ。フレーシュのところで面倒を見てもらおうと思って」

「……ええ、そうみたいですね。ほぼ全員がレーヴル王国騎士団の入団試験希望で、残り数名は街で働くことを希望されています」

急な話だったからか、カノンは若干戸惑っている。

「あの、母上。こちらのアンさんだけ、我が家での就職を希望されていますが」

「えっ？」

私は、アンのほうを見て確認する。

すると、アンはこくりと小さく頷《うなず》いた。本気のようだ。

「……メイドをやってくれるそうです。子供が好きだと仰《おつしや》っていますので、学舎の寮母など、どうかと思うのですが。どうしましょう？　小さな子供などは、専属で面倒を見てくれる大人がいれば安心すると思うのですが」

カノンはちらりとシャールを見る。シャールはすぐ頷いた。

「許可する」

「では、採用ということで。アンさん、よろしくお願いします」

「ありがとう、シャール、カノン」

私はシャールとカノンに向けて微笑《ほほえ》む。

「あと、同期の三人は魔法も覚えたいそうだから、私が教えるわね」

私はアンたち三人にかけられている魔力封じを解除した。

一般の人々は、幼い頃にモーター教の洗礼を受けており、本人の知らないうちに魔力封じを施されているのだ。洗礼は主に近くの大聖堂や教会で行われるが、洗礼を行う聖職者側も、魔力封じについて知らないまま実行している。

エペの話では、総本山から支給されていた、洗礼に使う道具——魔法アイテムに仕掛けが施されているらしい。

だから、魔法を使えるようになるには、まずその魔力封じを解く必要がある。

「これで、よし……」

今までと違う感覚が芽生えたのか、三人組は自分の体を見てそわそわしている。

「なんだか、不思議な感じ」

「体の中を何かが巡っているようだわ」

「うん、あったかくて、ふわふわする感じ」

彼女たちはそれぞれ、体内を巡る魔力の感覚を楽しんでいるようだった。

「皆には私が魔法を教えるけど、レーヴル城にも魔法を使える人は多いから、いろんな人に聞くのもいいかもしれないわね。あと、隣の島にも魔法が使える人がたくさんいるから、仲良くなったら教えてくれるかも」

「島？　なんだか素敵だわ」

三人の目は希望に輝いている。

「自分が魔法を使えるようになるなんて、今でも信じられない。とても楽しみ！」

アンが興奮した様子ではしゃいだ。

まっすぐな彼女たちを見ていると、なんとなく、三人の将来は上手くいきそうだと思えた。

※

翌日、レーヴル王国の城から、フレーシュとティボーがやって来た。私が連絡を入れたのだ。

私とシャール、就職希望の女性騎士たちが出迎える中、彼らは庭にある東屋に転移してくる。親しいお客が来た際には、全員ここへ転移してもらうようにしたのだ。

「師匠、来たよー」

今日のフレーシュの上着は、レインボーな背景に巨大なドリアンが散っている柄だ。素敵すぎる。

「まあ、ドリアン柄じゃないの！　あなたのセンスは日に日に磨かれていくわね！」

「ティボーから師匠がドリアンが大好きだと聞いてね。ちょうど前に購入した品の中にドリアン柄があったからさ。今度、本物のドリアンも屋敷に送るね」

「あらあら、ありがとう。素敵な弟子を持って、師として鼻が高いわ」

頭を差し出してきたフレーシュの髪をよしよしと撫《な》でる。彼のこういうところは、五百年前と変わらず、子供っぽくて可愛《かわい》い。

しかし、ティボーのこれみよがしな咳払《せきばら》いにより、洋服談義は終了した。

フレーシュが慌てて口を開く。

「ああ、そうだった。あのあと、こちらからアンシュ王国へ探りを入れたんだけど、ティボーのえん罪はすっかり晴れたようだよ」

彼の言葉を受け、ティボーは私たちに頭を下げる。

「その節は、お世話になりました。国中が大騒ぎになってしまって、どうなることかと思いましたけど、なんだかいい方向へ進みそうです」

目立たないように散々注意されていたにもかかわらず、私たちは我慢できずやらかしてしまった。それでも、問題が無事解決したので少しほっとする。

「そうなのね、よかったわ」

あれからティボーは、真実をつまびらかにする記事をさらに追加で書き、アンシュ王国中に広めて回ったそうだ。途中で同じ志を持つ仲間もでき、モーター教解散の事実は急速に広まっていったとのこと。

当初、ティボーを攻撃していた人たちも、今は大人しくなっているらしい。

「どういうわけか、弟弟子のランスも何かしたみたいで。あのあと、総本山に転移していた国王と大臣が、国民の前で泣きながら本当のことを素直に話したんだって。脅したのかなぁ？」

「そうなの？」

「うん、最終的に、魔法アイテムを使ったティボーの演説に、自ら出演して洗いざらい事実を話したと聞いたよ」

フレーシュが不思議そうに、現在アンシュ王国で起こっていることを教えてくれた。

「あらまあ、ランスが？　あの子も何か情報を摑《つか》んでいたのかしら？　それとも、総本山でアンシュ王国の人たちと会ったのかしら？」

今はどこにいるかわからないが、アンシュ王国での出来事に気づいて、何か手を打ってくれたのだろう。本当に私は弟子たちに恵まれている。

「どういう風の吹き回しか知らないけど、あいつは元教皇だからね。手下の尻拭いくらい、喜んですべきだよ」

「何ごとにも無関心だったあの子が、動いてくれただけでも感動だわ」

フレーシュにとっては、なんでもないことだろうけれど、他者とのコミュニケーションが不得手なランスにとっては荷が重いことだっただろう。たぶん。

五百年の間、誰にも気を許さず生きてきた三番弟子の成長が嬉しい。

「師匠はあいつに甘すぎるよ。そんなの、やって当たり前じゃないか。だからあいつが増長するんだ」

弟弟子のこととなると、エペだけでなくフレーシュも辛辣だ。

でも、ランスのおかげでティボーの記事の信憑《しんぴょうせい》性が増し、アンシュ王国の民の間でも真実に目を向ける人が増えてきたという。

やや時間はかかるかもしれないが、そのうち全員に真実が浸透していくだろう。

私はもう一つの用事のほうをフレーシュに伝える。

「フレーシュ、実は彼女たちの就職の話なんだけど。騎士団の入団試験を受けさせてあげて欲しいの。あと、騎士以外にも空いている職があれば紹介してもらえないかしら」

「師匠の推薦なら騎士でもメイドでも、もちろん歓迎するよ」

「あ、ありがとう……」

全員を受け入れるのは難しいかもしれないと心配していたが、あっさり了承を得られてしまった。

「彼女たちは元王国騎士団の女性騎士で、この子たち二人は、向こうでできた私の友人なの。いい子たちだから、よろしく頼むわ」

私は友人たちもフレーシュへ引き渡す。

「うん、わかった。師匠、友達ができてよかったね」

「ええ、とても嬉しいわ」

友人たちはレーヴル王国の国王を前に、ドギマギしていた。でも、視線は彼の服に向いている。

(うんうん、二人にもあの柄の素敵さがわかるのね)

離れるのは寂しいが、私は二人の門出を応援したい。

「お仕事、頑張ってね。魔法を習いたいときは、渡しておいた転移用の魔法アイテムを使えばいいから。使い方、覚えたわよね？」

「ええ、大丈夫よ」

「ラムが何度も教えてくれたもの」

本当はもっとゆっくりしていきたいとごねるフレーシュだが、仕事が詰まっているようで、渋々東屋から皆と転移していった。大人数がいなくなったので、急に庭が静かになる。

「やれやれ、賑《にぎ》やかなのが去ったな」

シャールが素直な感想を述べる。

「そうね。皆が無事に新しい職場へ行けてよかったわ」

フレーシュの管理下なら、王国騎士団のような環境にはならないはずだ。

今回のアンシュ王国への潜入で、私は多くのことを学んだ。

中でも一番は、自分がまだまだ、人として未熟だということだ。伝説の魔女ではあるが、足りないものも多い。もっと立派な人間になりたい。

だから、私はシャールを見上げて告げた。

「ねえ、シャール」

「なんだ?」

「私、思ったのだけれど。アンシュ王国だけでなく、もっと様々な世界を見てみない?」

「急に何を言い出すんだ。いつものことだが、お前は唐突すぎる」

「騎士団にいたときに思ったのよ。五百年前から魔法に打ち込んでばかりで、師匠や弟子以外の人とは、あんまり関わってこなかったなって」

それこそ、当時の王都にいながら、エルフィン族のような生活をしていたのだと今ならわかる。

もちろん、引きこもってばかりいたわけではないが、人々とは浅いやりとりがメインで、特別親しくはならなかった。

故郷の村での生活を思い出すと、私もまた、人付き合いが得意なほうではなかったのだろう。根本に自分を否定されるのではないかという不信感があり、成長してからもそれを拭えなかった。だから、人々に手を貸しても、見返りなど期待しない。

当時よく話していたのは、魔法薬を買いに来るお客や、魔法使いとしての仕事の依頼人などで、魔法を通してしか人と関われていなかった。

弟子たちを家族として迎え入れたのも、人助けの一面もあるが、単に寂しかったという理由もあるのだろう。魔法が理由で虐げられてきたあの子たちなら、自分を否定しないとわかっていたから。

今世に来るまで、それを自覚することすらできていなかった。酷《ひど》い。

「今回アンたちと会って、また世界が広がったわ」

転生してメルキュール家と関わり、外の世界も知れて……もう一歩、踏み出してみたいと思えたのだ。

(同じ課題を持った仲間もいるし)

私はじっとシャールを見つめる。彼もまた、メルキュール家から出ず、他人をはねのけて生きてきた人物だ。

(そして、魔法を理由に虐げられてきた人でもある)

彼は初対面から私と仲がよかったわけではない。しかし、紆余《うよ》曲折《きよくせつ》あって、ようやく互いに信頼する関係に至れた。

「ラム？　どうした？」

「えっ……？」

気づけば、私は無意識にシャールの袖を引っ張っていた。

「えっと、なんでもない」

自分は一体、何をしているのだろう。慌てて手を離す。

（無意識に相手の袖を摑むなんて）

なんとなく触ってしまっていたなんて、恥ずかしいし情けないし言えない。

シャールはまだ、私に摑まれていた袖を、不思議そうにじっと見ている。

「……手を繋ぎたいなら言えばいい」

彼の中では、そういう結論に至ったようである。

（わかっているのか、わかっていないのか。でも、そういうことにしておきましょう）

私はそんなシャールの言葉に甘え、そっと彼の手を取った。

夫婦というより同志のような、どう表していいのかわからない関係だ。そもそもお互いに、夫婦がなんなのかわかっていない。

それでも彼といると、落ち着いたり落ち着かなかったりと、今までなかった感情が呼び起こされる。不思議とそれが嫌ではない。

温かな彼の手を握りながら、私はゆっくり屋敷へ向かって歩き始めた。

番外編1 伯爵夫人と友人たちと隣人たち

I was the countess who was too weak when reincarnated. The strongest witch of the past wants to lead a comfortable life.

その日、メルキュール家の裏庭には年頃の女性たちが集まっていた。

と言っても、メンバーは私とアンたちの計四人だが。

今日は三人に魔法を教える日なのだった。彼女たちは定期的に我が家を訪れ、こうして私から魔法を習いがてら、お互いに近況報告をしていく。

封じられていた魔力が解放された三人は、まだまだ魔法を使える段階にはない。

この間までは、主に基本的な、魔法アイテムの使い方をレクチャーしていた。

魔法アイテムは、魔力さえあれば誰でも使えるからだ。

「さて、今日から本格的に魔法を使う練習をしていくわよ」

初めて魔法を使う段階へ進み、三人は待っていましたとばかりにはしゃいでいる。

「やったわ！　ようやく魔法が使えるのね！」

「私、お酒をジュースに変える魔法を覚えたい！」

「私は変態撃退用の魔法を覚えたいわ」

三人の話を聞き、私は大きく頷《うなず》いて見せた。

「わかったわ。では今日は液体の変化と風の衝撃波の魔法を覚えましょう」

どちらも今日一日で覚えきれるかはわからない。

それでも、練習あるのみだ。

（うちの子供たちも、遊び感覚で使っていくうちに覚えていったし）

特に興味のある分野の魔法だと伸びやすい。

彼女たちの才能が開花していくのが今から楽しみだった。

「これを、こうして、こうよ！」

まずは、私が手本として変態撃退用の風魔法を披露する。

お酒を変化させる魔法は、あとで室内で練習することにした。

「わあ、すごーい！　これなら、あのセクハラ騎士団長でも吹き飛ばせそうだわ」

「あはは、本当にねえ」

盛り上がっていると、敷地内をエペの部下たちが三人ほど歩いてくるのが見えた。

（あら、お使いかしら）

彼らは度々我が家を訪れては、魔法アイテムなどのお土産を届けてくれたり、珍しい食べ物を差し入れてくれたり、子供たちと遊んでくれたりする。

強面《こわもて》だけれど、今のところいいお客様なのだ。

私を発見した彼らが「おお、姐《あね》さんだ」と挨拶してくれる。

「こんにちは、今日はエペのお使い？」

「いいえ、チビたちに菓子の差し入れっす。前回遊んだときに約束しまして……」

そこで、答えてくれていた一人が、不意に言葉を切る。

彼の目はアンたち三人に向けられていた。

「お、女の子だ！　メルキュール家に、姐さんやチビたち以外の女の子がっ！」

そういえば、彼らにはまだアンたちの存在を知らせていなかった。

「私の友人たちで、今は魔法を教えているのよ。こっちの女の子は、学舎の子供のお世話係をしてくれているの。こっちの二人は、王宮でそれぞれメイドと騎士見習いをしているわ」

「うおおおおっ！」

話を聞いた彼らは、何故《なぜ》か嬉《うれ》しそうに雄叫《おたけ》びを上げる。

今の話に、そんなにも喜ぶ要素があっただろうか。

「……姐さん、その子たちとは夫人仲間で？」

「いいえ、彼女たちは独身よ？　アンシュ王国の出身で、レーヴル王国へは出稼ぎに来ているの」

「うおおおおっ！」

また雄叫びが上がる。彼らの喜ぶポイントがよくわからない。

「あの、お三方《さんかた》にご挨拶してもよろしいでしょうか？」

「もちろんよ。よかったら仲良くなって、いろいろな魔法を教えてあげて？」

「やった！　あざーっす！」

エペの部下たちは、嬉々《きき》としてアンたちに挨拶や自己紹介を始めてしまった。三人に接する姿は、普段に輪をかけて礼儀正しい。

最初は警戒していたアンたちも、すぐ彼らと打ち解けてしまった。

しかも、風魔法の実験台にまでなって吹き飛ばされてくれている。もちろん、エペの部下たちは、魔法を受ける際にきちんと体を守る魔法を使っていた。

そして、次に行った、酒をブドウジュースに変える魔法の味見役まで引き受けてくれ、授業は予想よりも遥《はる》かにスムーズに進んだのだった。

ちなみに彼らからの差し入れは、私が責任を持って、魔法で子供たちのもとへ転移させておいた。

次の授業の日から、徐々にエペの部下の数が増え始め……そのうち私の授業は満員御礼状態になってしまった。

部下が心配になったのか、エペまでたまに授業を見に現れる。

「おい、お前ら。アウローラに迷惑かけたら潰すぞ」

「もちろんです、ボス！」

「了解っす！」

……と言うようなやりとりが、頻繁に行われていた。

エペもたまに、授業を手伝ってくれたりする。彼は私の一番弟子ということもあるのか、アンたちからは尊敬の目で見られることが多かった。

そんなこんなで私は、友人たちとも隣人たちとも、なんだかんだ仲良く過ごせている。

ちなみに近頃は、「アンさんの手伝い」と称して、寮母の仕事を手伝うエペの部下たちが、毎日学舎の各所で見られるようになったのだった。

番外編 ❷ 隣人たちと騎士団長

I was the countess who was two weak when reincarnated. The strongest witch of the past wants to lead a comfortable life.

悪名高いオングル帝国出身のマフィアの根城に新人がやって来た。

名前はガハリエだ。とても胴が長くて足が短い、個性的な見た目をしている。

ここの幹部の一人、ロボは彼を紹介するエペの話に耳を澄ませていた。組織のボスであるエペは、

ロボが尊敬する上司だ。

「こいつはアウローラが、うちで鍛えてやれと寄越した新人だ。あいつの期待には応えてやらない

とな」

構成員たちの拍手で、ガハリエは迎えられた。

「姐さんの紹介なんすね。んじゃ、俺らに任せてください!」

ロボはアウローラのことも知っている。エペの片思いの相手で、隣の屋敷に住む伯爵夫人だ。気

のいい女性である。ロボが言うと、仲間の幹部も同調した。

「ええ、みっちり面倒見てやりますよ! それにしても……そいつ、足、めっちゃ短くないすか?」

誰もが思っていたことだった。

「ああ、アウローラたちがやったんだろうな。つまり、相応の行動をした奴ってわけだ」

にやりと口の端をつり上げる、エペの目は笑っていない。

「こいつを、真っ当な人間にしてほしいんだとよ」

「姐さんは、相変わらずお優しい方ですねえ。自分と敵対していた相手にまで情けをかけるなんて」

話を聞いた構成員たちが、同調するように口元だけの笑みを浮かべた。

そんな彼らに向かって、ガハリエが叫ぶ。

「ふ、ふざけるな！　俺は認めないぞ、こんな、こんなっ……」

「んー？　なんだってぇ？　お前、エペの旦那の決定に不満でも？」

近くにいたロボが尋ねると、ガハリエはつばを飛ばしながら「そうだ！」と訴える。

「お、俺は、アンシュ王国の王国騎士団を取りまとめる騎士団長だ！　そして侯爵家の者だぞ！　くだらんチンピラ共め、ただで済むと思うな！」

「おお、元気元気。鍛え甲斐《がい》がありそうだなぁ。早く一人前になれるよう、調教を頑張らなきゃ」

「ああ、任せる」

エペはシンプルに告げると、その場をあとにした。これで、新人を紹介するための集会は終わりだ。

「俺は認めないぞ！　勝手に決めるな！　このクズ共が！」

ガハリエはまだ、不満そうに声を張り上げている。ギャーギャーと喚《わめ》けば、自分の言い分が通ると思っているのだろうか。

ずいぶんと、甘やかされた環境で育ち、増長しているようだ。

（世間知らずの、赤ん坊のようなおっさんだな）

お前はここにいる誰よりも下なのだと、身の程をわからせてやらなければならない。

エペだって、自分にそれを期待しているはずだ。なら、信頼に応えなければ。

ロボは敢《あ》えてガハリエの訴えに耳を貸さず、強引にことを進める。

「ああん？　今、なんつった？　声が高すぎて聞こえなかったわー」

ドンと、ガハリエの長い胴を片手で押すと、彼は呆気《あっけ》なく吹っ飛んだ。

「えっ……？」

弱い、弱すぎる……。あまりに呆気なく飛ばされるガハリエを見て、逆にこちらがびっくりしてしまった。

曲がりなりにも騎士団長をしているから強いかと思ったが、期待外れのようだ。きっと名ばかりの役職だったのだろう。

「と、とにかく、お前は今日から、ここで一番の下っ端として働くんだ。安心しろ、きっちり更生させてやる」

「そんなくだらんことを……ぎゃっ」

ロボの部下の一人が、ガハリエを地面に引き倒した。

「おい、誰が喋《しゃべ》っていいっつった？　兄貴に嘗《な》めた口きいてんじゃねえぞ！　コラァ！」

別の部下が、ガハリエの髪を摑《つか》んで、無理矢理頭を下げさせる。

「ぐぬぬ」

抵抗しようとしているが、力でガハリエに勝ち目はない。

「ガハリエ、ここでの礼儀を、しっかり体に叩《たた》き込んでやるよ。ちゃんと更生できるまで、お前はここから逃げられない」

「オラ！　さっさと頭下げて先輩方に挨拶しろや、新人！　短ぇ足踏み潰すぞ！」

「ひいっ！」

ガハリエは慌てて、自分から床に這《は》いつくばって頭を下げた。

「おいおい、さっきの勢いはどうしたよ、騎士団長サマ！　お貴族様が俺らなんかに、簡単に頭下げちゃっていいのぉー？」

下っ端の部下たちは、後輩ができて喜んでいる。

このぶんだと、それほど時間をかけず、ガハリエを更生させることができるだろう。

（立派な構成員にしてやるからな）

部下たちと戯れるガハリエを見て、ロボは満足そうに微笑《ほほえ》んだ。

あとがき

このたびは「転生先が気弱すぎる伯爵夫人だった4　～前世最強魔女は快適生活を送りたい～」（相変わらず、タイトルが長いですね）を、お手にとっていただき、誠にありがとうございます！

ＷＥＢには掲載されていない、完全書き下ろしの四巻！

今回はメルキュール家のお引っ越しから始まり、ラムが新たな環境で大活躍します。また「つまらぬもの」をあれこれします。

恒例の気弱ファッションですが、四巻のおすすめスタイルは、フレーシュの「モグラとマシュマロが抱き合っている柄」の服と「レインボー巨大ドリアン柄」の服。ラムの「ジャガイモ柄」の運動着も捨てがたい。

機会があれば、物語の中で他にも、いろいろな気弱ファッションを出せたら楽しいだろうなあと思っています。

毎回、「足の生えたレモン柄のドレス（三巻）」や「可愛《かわい》くない野鼠《のねずみ》と栗鼠《りす》と兎《うさぎ》の顔面がちりばめられたドレス（二巻）」などなど、トンチンカンな柄を素敵に描いてくださるＴＣＢ先生には大感謝です！　いつもありがとうございます！

今巻では、新しいキャラクターも登場します。ラムに同年代のお友達ができました。

私には、大量に新キャラを量産する悪癖がありまして、気づけば物語がごちゃごちゃしていることが多いです。今回も三、四人ほど消えていただき、すっきりしました♪

四巻刊行にあたり、編集様を始め、関係者の方々には大変お世話になり、厚く御礼申し上げます。

そして、四巻までついてきてくださっている読者様に心からの感謝を！

また、お会いできますように！

桜あげは

作品のご感想、ファンレターをお待ちしています

・あて先・

〒141-0031　東京都品川区西五反田 8-1-5 五反田光和ビル4階
ライトノベル編集部
「桜あげは」先生係／「TCB」先生係

OVERLAP NOVELS f

転生先が気弱すぎる伯爵夫人だった 4
～前世最強魔女は快適生活を送りたい～

発行 2024年7月25日 初版第一刷発行

著者 桜あげは
イラスト TCB
発行者 永田勝治
発行所 株式会社オーバーラップ
〒141-0031
東京都品川区西五反田 8-1-5

校正・DTP 株式会社鷗来堂
印刷・製本 大日本印刷株式会社

ISBN 978-4-8240-0893-0 C0093

【オーバーラップ　カスタマーサポート】
電話 03-6219-0850
受付時間 10時～18時(土日祝日をのぞく)

玉響なつめ
ill.
ニナハチ
二度目の人生は
大帝国の第七皇女!?
優しい家族といっしょに
幸せになります!
末っ子皇女は
幸せな結婚がお望みです!
The Youngest Princess Hopes for a Happy Marriage!
OVERLAP NOVELS f
姉を贔屓する両親のもと「幸せな家庭」へ憧れていた。そんな記憶を抱えたまま大帝国の第七皇女として転生したヴィルジニア。父帝に溺愛される日々の中、今世こそ幸せになると決意する!　しかし、異なる妃たちから生まれた六人の兄との関係は少し複雑で……?

暁の魔女レイシーは自由に生きたい
~魔王討伐を終えたので、のんびりお店を開きます~
雨傘ヒョウゴ
illust 京一
★★★
「小説家になろう」発、第7回WEB小説大賞『金賞』受賞!
OVERLAP NOVELS f
臆病な最強魔女の「何でも屋」ライフスタート!
魔王討伐の報酬として「自由に生きたい」と願ったレイシー。願いは叶えられ、国からの解放と田舎に屋敷を得た。そんな田舎は困りごとも多いようで、役に立ちたいと考えたレイシーは『何でも屋』を開店! けれど彼女が行うこと、生み出すものは規格外で……?

飼育員セシルの日誌
Keeper Cecil's Diary
紺染 幸
Illust.凩はとば
OVERLAP NOVELS f
ひとりぼっちの女の子が新天地で愛を知るまで
大好きなみんなを守るため、秘密の力でがんばります！
コミックガルドにてコミカライズ！
天涯孤独の少女セシルの生きがいは大鳥ランフォルの飼育員として働くこと。自力で見つけた再就職先でもそれは変わらないけれど、仕事に夢中な自分をいつも見守ってくれる雇用主オスカーに「そばにいてほしい」と思うようになってきて――

ドロップアウトからの
再就職先
は、異世界の
最強騎士団
でした
After the dropout, m
office is the Stronge
in the Another World
東吉乃
illust. 緋いろ
訳ありヴァイオリニスト、魔力回復役になる
「小説家になろう」
第8回WEB小説大
銀賞
受賞！
異世界は音楽で魔力回復！
落第ヴァイオリニストが
騎士団の救世主!?
特技のヴァイオリンで日銭を稼ぐ真澄。バイト帰りに階段を踏み外した彼女は
気づくと異世界に転移していた。さらには、転移先が騎士団の駐屯地で
スパイとして捕まってしまう！　困る真澄に提示されたのは、
容疑が晴れるまで騎士団の「楽士」として働くことで——!?
OVERLAP NOVELS f

第12回オーバーラップ文庫大賞
原稿募集中!
イラスト：片桐
これは、
世界を変える
魔法《ものがたり》
【賞金】
大賞…300万円
（3巻刊行確約＋コミカライズ確約）
金賞……100万円
（3巻刊行確約）
銀賞………30万円
（2巻刊行確約）
佳作………10万円
【締め切り】
第1ターン 2024年6月末日
第2ターン 2024年12月末日
各ターンの締め切り後4ヶ月以内に佳作を発表。
通期で佳作に選出された作品の中から、「大賞」、
「金賞」、「銀賞」を選出します。
投稿はオンラインで！ 結果も評価シートもサイトをチェック!
https://over-lap.co.jp/bunko/award/
〈オーバーラップ文庫大賞オンライン〉
※最新情報および応募詳細については上記サイトをご覧ください。
※紙での応募受付は行っておりません。